诗海索骊

沈洪海诗词诗论选

沈洪海 著

全国百佳图书出版单位
时代出版传媒股份有限公司
黄山书社

出彩的诗词　实用的诗论

——序《诗海索骊——沈洪海诗词诗论选》

王美春

近日，沈洪海先生来电，言其《诗海索骊——沈洪海诗词诗论选》（以下简称《诗海索骊》）已编定，并将于近期由出版社正式出版。为此，他向我索序。对此，我欣然应允。这主要出于两点考虑：一是我对沈洪海其人其诗词等较为了解，觉得有话可说；二是他兼任南通市诗词协会副秘书长，平时为协会做了大量的工作，而其诗词创作成就颇为突出，诗论也较有特色，作为该协会兼职副会长的我，为其诗词诗论选作序，乃职责所在，合情合理，既是对沈先生从事诗词协会工作的肯定，也是借此机会表达我阅读其诗词、诗论之后的感想。一举两得，何乐而不为？

沈洪海当年上大学时所学专业乃数学，但他很喜欢语言文学，利用课余时间坚持自学语言文学理论知识，基础扎实，以至大学毕业分配工作之后，校领导竟然安排他执教语文。他边教学、边学习，阅读了古今中外众多的文学理论、美学、文学作品、文学史、语言学等方面的书籍，还抄写了王力的《诗词格律》、杨伯峻的《文言语法》、陈望道的《修辞学发凡》与其他名家的经典著作全文，共抄写了八种，因而文学、传统文化功底更为深厚。他的语文教学颇具特色，也富有成效，桃李满天下，不少学生后来成为专家、名家。他在主持完中教导处工作期间，还兼任高中语文组组长多年，带出一批优秀语文教师，他们后来挑了大梁。由于文化修养高，尤其是诗词理论造诣深，沈先生的诗词创作得心应手，特别是他在2001年退休之后更有时间、精力创作旧体诗词。迄今为止，他创作了众多的旧体诗词，并撰写了一些诗论（诗评），在《诗刊》《诗刊·增刊》《中华诗词》等国家级刊物和《江南诗词》《江海诗词》等省级刊物发表了280多首诗（词）（此集中收录260多首），在省、市级刊物发表了8篇诗论（诗评）。《诗海索骊》收录的诗（词）和诗论（诗评）便是从沈先生创作的诗词、撰写的诗论（诗评）中精选出来的。此诗词诗论选共收集诗（词）360首，诗论（诗评）9篇，分为《时代风采》《江山览胜》《锦绣南通》《咏物寄意》《抒情杂咏》《诗词研究》等6辑。附录中收录了他创作的4首新诗。为了有助于读者走近沈洪海，我想于下文具体谈谈读其诗词、诗论（诗评）的感受。

一、真正的诗词

《诗海索骊》中的诗词都是真正的诗词。所谓真正的诗词，就是具有诗词的特征，也即具有诗情诗意等，而非白开水般寡味，明显有别于所谓的“口水诗词”。

（一）有感而发，诗词富有真情实感

《诗海索骊》中的诗词，有感而发，富有真情实感，体现了诗词的一个特征。唐代大诗人白居易云：“感人心者，莫先乎情。”富有真情实感之作，方能打动作者的心灵，进而打动读者的心灵。这也就是白居易所强调的“莫先乎情”。沈洪海深得个中三昧，无论是作诗还是填词，也无论是写人还是摹景、咏物等，都是有感而发，抒发真情实感，而非无病呻吟，不是如宋代大词人辛弃疾所言的“少年不识愁滋味”而“为赋新词强说愁”(《丑奴儿·书博山道中壁》)。因此,其诗词具有感染力,能引起相同境遇者的共鸣。

(二)借助意象的经营,诗词具有诗意

《诗海索骊》中的诗词,在有感而发、抒发真情时,往往借助意象的经营,因而具有诗意,体现了诗词的又一特征。关于意象,当代学者有不同的见解,有的说物象写在诗词里就包含了作者的情感,就可视为意象;也有的说物象写进诗词里,就其本身而言,还不能算是意象,必须与表示情感的语言相结合,方能构成真正意义上的意象。以前,我倾向于第一种说法,而现在则倾向于第二种说法。比如“月”和“故乡”,尽管写入诗词之中,但就其本身而言,只能说是物象,因其本身并无情感因素在内;而在唐代大诗人杜甫的诗句“月是故乡明”(《月夜忆舍弟》)中,物象“月”“故乡”与表示情感的词语“是”“明”相结合,便产生了真正意义上的意象,表达了诗人忆念故乡的真情、深情。《诗海索骊》中的诗词大都借助意象的经营,因而具有诗意,与非诗词、伪诗词区分开来。

唯其如此,我确定,《诗海索骊》中的诗词都是真正的诗词。

真正的诗词,仅是回答或曰解决了何为诗的问题,可谓出彩的诗词之前提、基础;而出彩的诗词,则是回答或曰解决了何为好诗(佳作)的问题,可谓真正的诗词之提高、升华。真正的诗词未必是出彩的诗词,但出彩的诗词一定是真正的诗词。这也是我读《诗海索骊》之后的一个真切的感受。

二、出彩的诗词

在《诗海索骊》中,有不少诗词是出彩的诗词,也即这些诗词不仅具有成为真正的诗歌之因子,而且具有成为佳作之要素。当然,我在这里仅是就其总体而言,此诗词诗论选中的诗词虽非首首珠玑,但可称得上佳作的不在少数。《诗海索骊》中出彩的诗词,主要体现在如下几个方面:

(一)在反映生活上具有广度与深度

文学作品,应该反映社会生活,作为文学作品的诗词也不例外。《诗海索骊》中的诗词,不仅反映社会生活,而且具有相当的广度与深度。在沈洪海的视野里,可以入诗者众,因而《诗海索骊》中的诗词反映生活,将触觉伸向心灵的深处、思想的深处、风土人情的深处、社会生活的深处。这些诗词也验证了"生活处处皆是诗"这句话。择其要而言之,其诗词反映社会生活具有广度与深度。

一是着眼当下,传递正能量,关注社会底层人物等。沈洪海热爱党,热爱祖国,热爱人民,因而《诗海索骊》中的诗词着眼当下,突出主旋律,传递正能量,关注社会底层人物等,表达著者爱党、爱国、爱人民之情。有赞美杰出科学家之佳作,如《核爆"司令"程开甲》《清平乐·中国核潜艇之父黄旭华》等;有赞美英雄、先进人物之佳作,如《雷锋颂》《公安局长任长霞》《定风波·村党支书段爱平》《巫山一段云·"最美教师"张丽莉》《西江月·"最美女孩"何玥》等;有称赞大国工匠与普通劳动者之佳作,如《西江月·大国工匠徐立平》《鹊桥仙·拾荒老人刘盛兰》《定风波·重庆农妇姚厚芝》等;有讴歌国家取得辉煌成就之佳作,如《"嫦娥一号"绕月探测圆满成功》《中国"蛟龙"号潜水喜超七千米深》《望海潮·青藏铁路通车喜赋》等;有反映城乡新的变化之佳作,如《农村新貌》《浣溪沙·全民终身学习好》等;有关注底层人物之佳作,如《乡镇送奶姑娘》《修伞老人》等。其诗词反映社会生活,涉及诸多方面,具有鲜明的时代性,如同“旧瓶装新酒”，且具有真情厚意，诗词的广度与深度也得到了较好的统一。而且此诗词诗论选里的诗词突出主旋律，传递正能量，弘扬新风尚，具有正确的思想导向。

二是关注南通，赞美南通，反映南通迷人的魅力。沈洪海是土生土长的南通人，对南通有着深厚的感情，爱南通的一山一水、一草一木，也喜欢作诗填词赞美南通。《诗海索骊》中赞美南通的诗词较多，第三辑《锦绣南通》收录的都是赞美南通的诗词。南通人以诗词赞美南通，南通元素颇为突出。这些诗词，或者描绘南通美丽迷人的自然风光，如《登狼山眺望》《南通濠河澄怀亭》《水调歌头·秋夜濠河泛舟》《启秀风荷》等；或者赞美南通的经济建设和精神文明建设等方面的成就，包括南通市区、所辖县（市、区），如《苏通大桥通车喜赋》《念奴娇·中华水龙王江山集团赞》《游刘桥镇长岸生态村》《观通州忠孝文化园感赋》等；或者肯定南通新的文艺成果，如《浪淘沙·观海安书画一条街》《临江仙·省诗教先进单位白蒲小学礼赞》等；或者反映南通的风土人情等，如《彩云归·观南通狼山首届牡丹节》《眼儿媚·啬园“万圣南瓜节”》《锦堂春慢·梅庵书苑》《参观中国乒乓球训练基地》等。诗人热爱南通、赞美南通的真情、深情渗透于诗词的字里行间，让南通人与外地读者乃至国际友人从中加深对南通的了解，进而喜爱南通，甚至愿尽绵力，将南通装扮得更加美丽迷人。当然，这些咏南通的诗词也充满了正能量。

三是摹景、咏物，表达著者与他人的情感。在《诗海索骊》中，有些诗词摹景、咏物，颇具特色。摹景，并非单纯地摹景，而是将摹景与抒情、咏史等相结合，使得诗词景中有情，情景交融，虚实相生，具有诗情画意。这在第二辑《江山览胜》中表现得尤为突出。《莺啼序·张家界览胜》中的词句:“禽珍兽异,春花秋果,遗乎世外由开落,洗尘身、化我融何物? 丝丝绿雨,场场绿梦香甜,化融处处心贴。”情景交融,物我两忘,天人合一,富有诗情画意。《周庄行》中的诗句:“舟楫桥梁通咫尺,归来梦湿水乡歌。”写周庄行之感,由实入虚,虚实结合,有助于此诗创造空灵的意境。《镇江游》二首之二的《芙蓉楼怀古》:“一片冰心向九州,诗家夫子世人讴。湖摇塔影金山固,江浪淘沙万古流。”摹景与咏古相结合,化用唐代著名诗人王昌龄的名作《芙蓉楼送辛渐》中的诗句“洛阳亲友如相问,一片冰心在玉壶”,巧妙利用王昌龄“诗家夫子王江宁”之美称,如同己出,古今贯通,具有新鲜感、时代性。

咏物,将咏物与抒情、言志、明理等相结合,做到形神兼备,诗词也具有弦外之音、言外之意、韵外之致,耐人咀嚼。这在第四辑《咏物寓意》中表现得尤为突出。《石榴》,八句诗,咏石榴,既绘其形,又传其神,形神兼备,字里行间渗透了著者对石榴的赞美之情:“独秉灵根喜暑阳,清新不媚挺枝昂”“华年将逝无何叹,子实充盈尤耐霜”。显然,此诗是咏物之佳作。《草》(三首),咏草,无名草,不绘其形,而传其神,于神似中见其形似,可谓一种独特的形神兼备。诗中反映此草“舞风听雨没人赏,无欲悠悠云卷张”的寂寞悠然,“看来柔弱尤坚韧,咬定不移如铆钉”的坚韧不拔,“唯求地气根深扎,貌似平庸实一流”的平凡之中见非凡之志,于神似中见其形似。这草也可理解为与此相仿之人。无疑,这三首诗也是咏物之佳作。《锯子》一诗仅四句:“利齿钢牙多揽活,张家木短李家长。孜孜离间勤分析,弄去搬来和睦伤。”咏锯子,既绘其形,又传其神,形神兼备,其中包含了颇为深刻的道理:人不能像锯子这样“离间”“分析”(暗指搬弄是非等），以免有伤和气。此诗称之为咏物佳作也可谓实至名归。

表达著者的情感，除了体现于一些摹景、咏物等作品之中，在第五辑《抒情杂咏》中也表现得颇为突出。其中，表达亲情、友情等，颇具特色。这方面的佳作有《五岁孙无陪乘飞机返深圳》《送荆妻去深圳次子家留别》《石港中学"三庆"诗会咏》等。以《五岁孙无陪乘飞机返深圳》为例，此诗共四句："小孙练胆独回家，遥问阿妈可信娃。爷嘱临飞手机挂，心随银翼到天涯。"赞美了著者的五岁小孙子的胆大，表达了爷爷对孙子的关爱之情。此诗看似在写著者自己的情感、亲情，实却以小见大，反映了当代中国的和平安定。若非如此，五岁小孩又如何能独自无人陪乘飞机安全返回深圳呢？可见，此"小我"之情中含有"大我"之情，这颇值得称道。

这些摹景、咏物，表达著者与他人情感的诗词佳作，分别从不同的角度不同的侧面或多或少地传递了正能量，颇具特色。

《诗海索骊》中的诗词反映社会生活，不是蜻蜓点水，不是浅尝辄止，而是较为深刻，有着著者独有的感受。唯其如此，《诗海索骊》中的诗词反映社会生活具有相当的广度与深度。

（二）在意象经营上具有独创性与多样性

出彩的诗词，在意象经营上往往具有独创性，又具有多样性。意象具有独创性，在于不是人云亦云，不是"似曾相识燕归来"，而是具有诗意，令人耳目一新。意象独创性之重要不言而喻。当代著名诗歌理论家、批评家李元洛先生在谈到意象独创性之重要性时指出："独创性，是所有的文学样式的创作都要奋然攀登的高峰，尤其是诗的生命的旗帜……意象新鲜的诗，一入眼就可以激发读者的新鲜感与惊奇感这两种特殊的审美感情,使他们在诗的审美活动中获得四月天一般的喜悦。”沈洪海深知意象独创性之重要,在诗词创作中自觉地“奋然攀登”意象独创性之“高峰”,因而《诗海索骊》中的一些诗词具有意象的独创性,“可以激发读者的新鲜感与惊奇感”,使之愉悦。《定风波·重庆农妇姚厚芝》一词便具有意象的独创性。此词写重庆农妇姚厚芝身患癌症而坚持为孩子挣“读书钱”,由此赞美了伟大的感人的母爱。其中的词句“铺就两孩成长路,心塑,‘上河图’绣织春天。沥血呕心缝梦想”具有意象的独创性,此专利权属于著者沈洪海。因为有了独创性的意象,此词具有新意,富有诗意,动人心弦。

意象经营的多样性,在《诗海索骊》中主要表现为单一意象与意象组合相结合。单一意象,在《诗海索骊》的诗词中营造得较多的是比喻式意象、通感性意象、化美为媚的意象等。《夜飞鹊·参观南通风筝博物馆》中的词句“漾高空仙曲,招鸾引凤,彩梦如霓”便营造了比喻式意象。《南通市通州城东村再歌》(古风)中的诗句“诗人采风歌如蜜,村姑闻韶舞似仙”,每句都营造了比喻式意象。而《南通濠河漫咏》(古风)则营造了一系列的比喻式意象,也即博喻意象,如:“濠河阔如城之肺,呼吸吐纳通海江。濠河碧如荷之叶,城似菡萏散清香。濠河明如城之眸,魅力四射开绮窗。濠河美如翡翠链,城似少女靓新妆。”这些诗句咏濠河,着眼于人们的视觉形象、嗅觉形象等,以一个个比喻式意象组成博喻意象,淋漓尽致地展现了濠河“阔”“碧”“明”“美”这独特迷人的魅力。实际上,这里已涉及意象组合,一系列的比喻式意象组成了并列式意象组合。营造通感性意象的,具有一定代表性的有《咏苏中植物园》四首之一的《荷香榭》中的诗句:“风撩玉颊生红晕,点水蜻蜓悠自凉。”前句由触觉形象的“风撩”转换为视觉形象的“玉颊生红晕”,从而构成通感性意象;而后句则由视觉形象的“点水蜻蜓”转换为触觉形象的“悠自凉”,由此形成通感性意象。正是恰到好处地营造了通感性意象,此诗富有诗意。《莺啼序·张家界览胜》中的词句:“丝丝绿雨,场场绿梦香甜,化融处处心贴。”由视觉形象的“丝丝绿雨”转换为嗅觉、味觉形象的“绿梦香甜”,又转换为触觉形象的“化融处处心贴”,也就形成了别具一格的通感性意象,深化了诗意。化美为媚的意象,在《诗海索骊》中也营造了较多。化美为媚,作为诗的一种美学原理,源于德国启蒙运动时期剧作家、美学家、文艺批评家莱辛的名著《拉奥孔》:“诗想在描绘物体美时能和艺术争胜,还可用另外一种方法,那就是化美为媚。媚就是在动态中的美……它是一种一纵即逝而却令人百看不厌的美。”这一诗的美学原理运用于诗词的创作中,便是将诗词中静态的美化为动态的美,从而“令人百看不厌”。《诗海索骊》中营造的具有一定代表性的化美为媚的意象有:“清濠濯缨足,皓月洗心尘。”(《南通濠河濯缨亭》)其中的“皓月”原本是静态的,但它与“洗心尘”相结合,便构成了化美为媚的意象,静态的美转化为动态的美。“莞尔香浮驱浊气,怦然心动泛酡颜。”(《浣溪沙·咏四季杜鹃花》)前一个词句咏四季杜鹃花,突出“香浮驱浊气”,将原本是静态之物的四季杜鹃花动态化了,构成了化美为媚的意象;后一个词句以“我”(词句中省却了此抒情主人公)闻此花香的反应进一步写其香气,也构成了化美为媚的意象。如此营造化美为媚的意象,也就使得诗词富有诗意,具有审美价值,给人以艺术美的享受。

《诗海索骊》中营造的意象组合主要有并列式、集聚式、跳跃式等。并列式意象组合，具有代表性的有《南通放歌》（古风）中的诗句“日照三塔辉金顶，月洗五山秀芙蓉”等。这种意象组合在《诗海索骊》中是营造得最多的。集聚式意象组合，具有代表性的诗词有《秋兴》（八首之八）、《庆祝南通诗协三十华诞》、《沁园春·赞王玉兰》等。限于篇幅，这里就不一一阐述了。跳跃式意象组合，营造得较为出色的有《游深圳锦绣中华园》的颈联：“宫陵古韵千年塔，兵俑雄风万里城。”诗的时间、空间跳跃性大，与前面的诗句共同构成了雄浑的意境，给人以壮美之享受。

由于在意象经营上别具一格，意象独创性与多样性相结合，《诗海索骊》中的诗词具有诗意，经得起读者细读，远胜于所谓的“口水诗词”。

（三）在体裁安排上具有较强的针对性

旧体诗词的体裁多种多样，诗有古风、绝句、律诗、排律等，而且都有五言与七言之别；词有多种词牌，亦有小调、中调、大调之区分。创作诗词，采用何种体裁，不能随心所欲，而应视抒发情感、反映生活等需求而定，也即体裁的安排要具有较强的针对性，对内容的表达做到恰到好处。《诗海索骊》中的诗词正是以此来安排体裁的。大致说来，其安排是，表达的内容相对单一的，就采用绝句与词中的小调这些体裁；而表达的内容较为丰富的，则采用古风、律诗、排律，词中的中调、大调等体裁。因此，其体裁的安排具有较强的针对性，而且采用的体裁多种多样。可以说，《诗海索骊》中的诗体裁完备，词尽管不能说体裁完备，却可以说运用了众多的词牌，如念奴娇、满江红、望海潮、沁园春、水龙吟、齐天乐、采桑子、风入松、太常引、浣溪沙、西江月、渔家傲、清平乐、鹧鸪天、破阵子、定风波、鹊桥仙、彩云归、莺啼序等49种词牌。

值得一提的是,《诗海索骊》中的诗词格律严谨,我未曾发现其中的诗词有出律现象。这或许跟著者沈洪海旧体诗词的造诣深、一丝不苟的创作态度不无关系。

(四)在语言运用上具有鲜明的个性

诗词属于语言的艺术,语言运用得好,是诗词成为佳作的重要因素。《诗海索骊》中的诗词在语言运用上具有鲜明的个性。

一是语言以少总多。诗词是浓缩的艺术,对语言的要求是以少总多,以片言明百意。《诗海索骊》中诗词的语言尽管尚未达到"增一字则长,减一字则短"之境界,但用语还是颇为精练的。也就是就总体而言,其诗词中可有可无的诗句词句较少见。这就展现了其诗词的凝练美。《学习习总书记文艺座谈会讲话》便是这方面的佳作。这首七律,以艺术的语言写著者学习习近平总书记文艺座谈会讲话的感想,虽仅56个字,却包含了丰富的内容,尤其是颔联和颈联"清风习习除铜臭,丽日融融扫废颓。汩汩甘泉低俗涤,汚汚玉露躁浮医",借助博喻、动词和一些重叠字等,将习总书记文艺座谈会讲话的博大精深、巨大价值、重大影响等形象生动地表现了出来,言简意赅,以少许胜多许。《诗海索骊》中的诗词语言以少总多也由此可窥见一斑。

二是语言新颖别致。新颖别致,是旧体诗词也是新诗语言精美化的要素之一。《诗海索骊》中有不少诗词语言新颖别致,具有语言的精美化。《高阳台·游南通滨江公园》中的词句"驾飞舟,亲吻长江,一洗心胸",其中著一"吻"字,便使画面动了、活了,也使此词新意突出，境界顿出，令人赞赏。《黄山云海》中的颔联："商借仙姝刀一片，欲裁霞海锦三千。"语言新颖别致，想象大胆奇特，形象生动地描绘出了黄山云海奇特的景象。《参观上海世博会》（古风）中的诗句："万国博览相辉映，中国元素最鲜明。融汇创新竞技街，演进文明大舞台。发展难题共探究，未来图谱同剪裁。""科技交流新坐标，理念碰撞美乐章。开启文明新起点，放飞梦想奔天堂。新式生活人向往，心灵之旅骋无疆。"以"元素""坐标""图谱"等科学术语入诗，新颖别致而又贴切自然。《诗海索骊》中的诗词语言新颖别致由此可窥见一斑。

三是语言次序独特。《诗海索骊》中有一些诗词在语言次序上并非按常规处理，而是以他人意想不到的方式处理。如《进村访耆友》中的颔联："白发挥毫手，垂髫吮笔唇。"变换语言的次序，将本来容易言止意尽的陈述句"垂髫唇吮笔，白发手挥毫"改为描述性的诗句，动态性更强，艺术效果倍增，不仅凸显了耆友苍劲老练的手与小孩可爱稚嫩的唇，而且让画面动了、活了，给读者留下了较广的想象空间。

这里尚需一提的是，《诗海索骊》附录中有 4 首新诗（自由诗），诗少而质量高，超过了他的一些旧体诗词，可见沈洪海不仅是创作旧体诗词的行家，也是创作新诗的高手。

三、实用的诗论

《诗海索骊》的第六辑《诗词研究》收录了九篇诗论（诗评）。这些诗论（诗评）给我的深刻印象是实用性强。著者沈洪海在语言文学方面自学成才，有扎实的包括诗词理论在内的文学理论功底，更有诗词创作的丰富经验。他的诗词研究不是从理论到理论，而是从实际出发，理论联系实际，是其创作经验与他人创作经验的提炼与升华。因此，其诗论不属于“学院派”理论性强的诗论，又不同于媒体批评中点评式的诗评，而具有自己的特色，实用性强。《学诗入门》一文，对诗的内涵、特征、意象、中国诗歌体裁分类、近体诗的格律要求等作了简明扼要、深入浅出的阐述，实实在在。不故弄玄虚，不哗众取宠，特别适合初学者阅读。

《略谈对仗》一文，对对仗的内涵、特点、运用的要求及“三忌”等的阐述较为具体，有理论，更有对佳作中对仗的分析，让读者尤其是初学者阅读之后能够了解对仗的内涵、特点、运用的要求及“三忌”等，并以此指导自己的创作。

《孤平刍议》《诗韵浅说》《略谈近体诗的句式变化》《浅谈近体诗的章法变化》《空灵浅说》五文，都是谈诗的形式上的要求，涉及格律、韵律、句式、章法、风格等，也都深入浅出，实用性强。

另有两篇文章评论具体作品，也都理论联系实际，简明扼要，实用性强。实用性强，正是《诗海索骊》中的诗论（诗评）特色、价值之所在。

综上所述，沈洪海坚持学习与实践相结合，尤其是坚持不懈学习、终身学习，他被评为2015年全国“百姓学习之星”，受到表彰，便充分说明了这一点。因此，他提高了思想素质和文化修养，诗词创作与诗词研究也有着独有的感受与见解。因此，其《诗海索骊》中的诗词都是真正的诗词，是货真价实、如假包换的诗词，而非伪诗词。真正的诗词，回答或曰解决了何为诗词的问题，这也是诗词评价标准中最基本的标准。此诗词诗论选中，也有相当数量的诗词属于出彩的诗词，也即诗词佳作，是思想性与艺术性得到较好统一的佳作。

出彩的诗词回答或曰解决了何为好诗词(佳作)的问题,这也是诗词评价标准中更高层次的标准。正是做到了真正的诗词与出彩的诗词的结合、统一,《诗海索骊》才具有情感的真诚度与热度,反映社会生活的广度与深度,也具有较高的审美价值。而其诗论是著者创作经验的提炼与升华,具有实用性,有助于初学者创作诗词,因而具有一定的学术价值。

沈洪海先生现年76岁,这在"人生七十古来稀"的古代属于年事已高的,而在如今仅是"人生七十小弟弟"。借此机会,我衷心祝愿沈先生身体健康笔也健,在力所能及的前提下创作出更为出彩的诗词,为中国梦梦想成真而鼓与呼。

是为序。

2017年9月初稿于春晖居

2017年12月定稿于春晖居

(序作者王美春,文学批评家。现为南通大学生态文学研究所特约研究员,中国作家协会会员,文学创作一级。在国家级、省级出版社出版文学批评主要是诗歌批评著作十种。文学论文获中国人口文化奖、江苏"长江杯"文学评论奖等。)

目　录

第一辑　时代风采

第二辑　江山览胜

第三辑　锦绣南通

第四辑　咏物寄意

第五辑　抒情杂咏

第六辑　诗词研究

附录　新诗初试

第一辑　时代风采

载人航天成功喜赋

神舟五号焰橙红,逐月追星遨太空。
玉帝排筵迎利伟,嫦娥献舞贺英雄。
喜抛赤子强华泪,欢庆龙人震世功。
报国丹心千载炳,兴邦圣火万年熊。

“神六”飞天燃豪情

冲空一跃五洲惊,银汉双雄精彩行。
阿里山呼香港沸,昆仑峰舞大江鸣。
沟通两岸连心路,燃起九州报国情。
自主创新勇超越,倚天火炬亮龙程。

“神七”问天

传奇续写五洲崇,神七三雄问太空。
猴圣犹须驾云雾,龙人无托步苍穹。
巡天巧释伴星乐,坐地欣观兄弟融。
探奥青冥将建站,和平开发共兴隆。

注:兄弟融,指七号神舟和伴飞小卫星间协调和融。

“嫦娥一号”绕月探测圆满成功

为啥酡颜涨面庞？嫦娥迎客喜心房。
八番变轨追星月，十日穿空绕殿堂。
碧海青天思故土，绿茶红酒诉衷肠。
献图乐赏家乡曲，忙唤吴刚指宝藏。

咏北京残奥会

设施场馆美无瑕，震撼幕开天下夸。
竞赛顽强叹观止，交流融洽赞交加。
弘扬人道功至伟，倡导和谐劳益佳。
残奥精神永光大，文明遗产旺中华。

抗雪救灾

冰雪弥天吴楚昏，电停路阻断炊人。
救灾首脑亲临阵，抢险军民勇献身。
力铲冰山除障碍，甘流热血暖城村。
金梅绽笑北州助，绿韵唤回南国春。

改革开放四十周年颂

攻坚克险藩篱破，开放鼎新臻富强。
国力飙升如旭日，边防稳固若金汤。
邦交容惠欢声动，政治清明笑语扬。
展望神州门更敞，五洲伙伴乐同昌。

新中国六十华诞颂（排律）

中华六秩铸辉煌，世界风云亮伟章。
经济飙升居二大，太空漫步列三强。
东输西气神经畅，北引南江脉络张。
青藏穿云筑天路，甬申跨海架桥梁。
五星奥运惊寰宇，三峡工程盛禹疆。
归璧还珠同旺国，补瓯携手共兴邦。
金融危殆环球萎，国力稳提华夏昌。
缕缕阳光开笑靥，自豪欢乐溢穹苍。

“五四”运动九十周年感赋

热血青年护主权，力除奸贼卷轩澜。

神州历史开新册，世纪风云写序篇。
崛起群肩担日月，复兴众手托云天。
眷怀国事胜家事，甘献如饴华夏妍。

壬辰新春

小序：2007 年起，美国次贷危机引发了全球金融危机，美欧及其他地区一片萧条，而我国光景独好。2012 年春，我喜赋此诗。

祸生欧美寒潮涌，霞蔚云蒸华暖融。
禹甸晴辉刚脱兔，乾坤浩气又腾龙。
江山盛世春光里，日月新天彩画中。
喜鹊登梅频报捷，书空椽笔舞东风。

中国“蛟龙”号潜水喜超七千米深

蛟龙探海震龙王，深度领先惊百邦。
苦练潜员超极限，精研器械胜群强。
令征敖广输油气，管教敖钦献宝藏。
揽月九天刚喝彩，五洋捉鳖又争光。

注：敖广、敖钦分别为中国神话中的东海、南海龙王。

公安局长任长霞

登封十万送行虔，人百其身泪雨涟。
剑气临空邪抖颤，霞光照地善安然。
锄奸刚烈如嵩岳，助弱柔慈似颍川。
大德无碑公道在，英灵永炳丽云天。

注：《诗经·秦风·黄鸟》："如可赎兮，人百其身。"

长征颂

红军北上救沦亡，白匪堵追如恶狼。
战火煅烧坚铁骨，树皮砥砺韧饥肠。
千寻关隘从头越，万里征程用脚量。
惊世史诗前进号，赶超欧美巨龙骧。

八路军、新四军颂

岂让凶魔半壁吞！挥戈跃马扭乾坤。
交兵何惧侵倭众，亮剑尤期斩获频。
叱咤风雷歼日寇，倾浇铁血铸军魂。
精忠义勇惊天地，气贯长虹万古存。

雷锋赞

感恩社会饮思源，雨露阳光解苦寒。
成长成仁成偶像，立言立德立标杆。
一腔热血暖人世，无限爱心掀海澜。
物欲横流亮灯塔，雷锋群体烨尘寰。

注：2003年近20家媒体开展大型调查，结果显示雷锋入选20世纪“十大文化偶像”。

罗阳赞（新声韵）

飞鲨离舰上蓝天，发病身亡众泪潸。
废寝忘食超负荷，争分夺秒克难关。
研机报效强军路，沥胆挥书铸剑篇。
悼念英雄星汉灿，国人奋勉继登攀。

癸巳年元旦感赋

华夏复兴书伟章，载机母舰训汪洋。
稳升经济追一大，对接宫舟赶两强。
潜海蛟龙深考察，布星北斗惬行航。

风清气正翻新页，党领全民奔小康。

中国“氢弹之父”于敏

改研氢弹追俄美，隐姓离亲沥胆脾。
奋战百天初制案，强攻卅月竟成时。
构型设计精微巧，关隘清除智勇奇。
国产专家胜洋佬，军威大振屹丰碑。

注：于敏院士荣获2014年度国家最高科技奖。据2015年1月10日《新京报》载：世界上只有两种氢弹构型，一种是美国的T-U构型，另一种是于敏构型。于敏构型设计更加巧妙，首爆氢弹体积比美国要小。从第一颗原子弹爆炸到第一颗氢弹试验成功，美国用7年3个月，苏联用6年3个月，而中国只用2年8个月（即32个月，“卅月”为约数）。

核爆“司令”程开甲

留英博士弃高薪，报国隐名扶弱贫。
决策爆研多突破，主持测试总躬亲。
高温坑道有坍象，强射中心无惜身。
戈壁含辛廿余载，殚思两弹建奇勋。

注：2017年，程开甲首获“八一勋章”。

中国化学激光之父张存浩

母亲贫弱儿忠孝，报效神州留学还。
三次转行离旧擅，一心强国跋新山。
探求赜隐不甘后，研发激光争领先。
耄耋之年犹自励，尚存浩气誓登巅。

中国预警机之父王小谟

三型雷达张天目，预警机成九项长。
院士开山无示弱，外邦封锁自图强。
专心模仿难超越，锐意创新能领航。
看护神州守空海，国防建设铸辉煌。

注：王小谟主持研制的国产预警机创造了世界预警机发展史上九个第一，成为世界上看得最远、功能最多、系统集成最复杂的记载信息化武器装备。

中国航天功勋科学家孙家栋

发愤钻研图国强，赶超俄美志高昂。
潜心科技辉河汉，锐意航天作栋梁。
导弹卫星频设计，嫦娥北斗又担纲。

未曾伏枥年稀古，米寿依然探昊苍。

注：中科院院士孙家栋的人生与中国航天的多个第一密切相连，他任总设计师所发射的卫星占整个中国航天飞行器的三分之一。他获 2009 年中国国家最高科技奖，被评为“感动中国 2016 年度人物”。

矫治脊柱畸形国手梁益建

留洋博士志昂扬，拒美高薪回国邦。
正骨矫畸施绝技，募资济困动柔肠。
巅峰锐意纠佝叠，妙手仁心挺脊梁。
残疾复康贻幸福，推诚结爱送安祥。

注：梁益建，四川省成都市第三人民医院骨科主任，国内首屈一指的极重度脊柱畸形矫正专家，被评为“感动中国 2016 年度人物”。（见 2017 年第 15 期《中国剪报》）

最美乡村医生居马泰

时常背药进深山，救死扶伤几日还。
翻岭爬坡疲马坠，掉崖挂树累人全。
河宽吊索抱童过，沟冷齐腰拼命穿。
诊所医疗病孩愈，悬壶济世一方安。

元旦抒怀

丙甲年元旦(暖冬),余等七人应通州诗协汤会长之邀,试作卷帘体诗,余遵嘱将其帘子诗《元旦抒怀》(七律)第四句作首句奉和。

怀萦翠柳作清诗,激赏金梅绽满枝。
月季涨芽凭地力,山茶鼓蕾借天时。
小康全面攻坚仗,巨擘一盘开局棋。
国盛人和盈浩气,谁能围堵瑞龙驰!

附:元旦抒怀

汤俊峰

元来雪后梅绽枝,旦夕寻求坐望时。
抒卷彤云裁绣锦,怀萦翠柳作清诗。
恭滋玉友平安福,贺庆柯山一局棋。
新酿新开和月醉,禧天禧地岁寒知。

颂党华诞铭宗旨

九五韶华欣国盛,鼎新革故谱宏篇。
富饶城市勤考察,贫瘠山村常访牵。
公仆情怀深似海,人民利益大如天。

中枢布局攻坚战，全面小康将梦圆。

纪念长征坚信仰

长征胜利八旬年，犹忆当年战火连。
铁血倾浇心不馁，病伤磨折志弥坚。
舍生忘死无顾后，克隘攻关皆向前。
远道茫茫脚量地，红星闪闪手擎天。

纪念孙中山先生百五华诞

矢志拯民离水火，力扶华夏免沉沦。
黄花岗上歌英烈，武汉城头炮紫宸。
帝制铲除兴禹甸，共和肇立动乾坤。
头番巨变铭青史，初唤眠狮第一人。

注：紫宸，旧指帝王住的地方，引申为帝王、王位、帝制的代称。

中国共产党十五大报告中把辛亥革命同新中国诞生和社会主义基本制度建立、改革开放摆在一起，称为“二十世纪中国三次历史性巨大变化”，并把孙中山、毛泽东、邓小平称为“三位站在时代前列的伟大人物”。

农村新貌

时闻大道通偏地，随见高楼傍柳桃。

工业园区朝气溢，农家书屋墨香飘。
镇乡培训牵牛鼻，村户营销点鼠标。
机械种收劳力转，各行兴旺话丰饶。

廉政爱民者赞

待人宽厚挚情浓，自律从严鸣警钟。
两袖清风昭皓月，一身正气贯长虹。
爱民怀国似家事，执法秉公如峻嵩。
社会纠纷常化解，和谐安定奏尧功。

守护边陲的卓嘎和央宗

高原牧畜满坡冈，守护边陲玉麦乡。
五十华年父传女，四千平里地珍方。
恋乡淳厚情无限，爱国忠贞德有芳。
政建基层今九户，山花烂漫沐朝阳。

注：卓嘎和央宗是西藏山南市隆子县玉麦乡乡民，继承父志，父女放牧守边半世纪，姐妹俩被评为“感动中国 2017 年度人物”。

学习习总书记文艺座谈会讲话

语重心长深启思，振兴文艺固根基。
清风习习除铜臭，丽日融融扫废颓。
汩汩甘泉低俗涤，涔涔玉露躁浮医。
为民喉舌前进号，底气频增圆梦驰。

灾后十载映秀妍

重建街村校美观，人均收入喜连翻。
恩如甘露千家泽，爱似春风万物繁。
列锦楼台农户乐，成林店铺旅人欢。
山清水秀花鲜艳，映秀精神构轴传。

注：地震前，映秀镇农民人均年收入三千元；十年后，为一万五千元。构轴传，指沿映秀大道，建地震抗震纪念馆、纪念园和纪念带，构筑精神传承轴。

香港指日回归感赋（古风）

珍珠一盘撒海面，腾龙九条眺港岛。
进入神州南大门，通向寰球桥头堡。
英酋攫取赛饿狼，清廷腐败国土丧。

百年屈辱血和泪，万众御侮火与光。
新界抗英卷狂飙，山呼海啸逐浪高。
沙田沙基腥风雨，港九迭起罢工潮。
海员抗日十纲领，禹甸救亡数港胞。
沦日四年千秋恨，历尽劫难不屈挠。
望夫石旁赤子泪，宋王台前杜鹃血。
被劫离儿盼母救，落后挨打心痛切。
三座大山被推翻，中华崛起从头越。
神龙腾飞乾坤震，圣火如日中天烨。
联合声明庄严甚，一国两制英明绝。
时钟倒计国门悬，骊珠归龙国耻雪。
红旗猎猎太平山，碧波粼粼香江月。
黄河欢唱狮山舞，高歌彻云朝天阙。
后盾前哨骨肉情，共兴华夏开新页。

注：九龙半岛上有九座高峰，状似龙腾。

英军先后在港九制造了沙田惨案和沙基惨案。

“望夫石”在香港狮子山上。

“宋王台”是港胞为纪念南宋二王所建，后被日寇炸毁，战后港胞将刻有“宋王台”三字的巨石移至后建的宋王台公园内。

望海潮 · 北京奥运圣火传

百年期盼，九州奋发，北京奥火煊燃。燃点激情，传播梦想，五洲四海腾欢。千族竞观瞻。展友情进步，千载梦圆。火炬“祥云”，上珠峰化作虹天。　　越江跨海掀澜。醉观传旆舞，鼓劲声喧。华夏国魂，心中圣火，南疆北国承传。心马着先鞭。举国齐奋力，特色争妍。绿色人文科技，盼奥亮新篇。

宝鼎现·咏北京奥运会

百年圆梦，圣火煊烨，神州霞绮。观场馆、人文环保，科技美轮连锦砌。乐揭幕、聚寰球佳客，同享人间盛会。释灿烂、神奇震撼，精彩无与伦比。　　四海之内皆兄弟，促和谐、奥运真谛。求进步、赛场宾馆，洋溢亲情增友谊。重体育、务思原追本，娱乐强身竞技。涌动爱、欢声笑语，纵败犹荣鼓励。　　联动融合交流，携手向前开新纪。跃金牌之首，华夏扬眉吐气。五“满意”、令宾朋醉，盛誉欣超史。更激发、奥运精神，处处时时砥砺。

注：国际奥委会奥运会执行主任吉尔伯特·费利连续用五个“满意”评价已进行三分之一的北京奥运会，开幕式、奥运村、场馆、交通、志愿者的表现都让他赞不绝口。

国际奥委会终身名誉主席萨马兰奇、国际奥委会主席罗格和各国贵宾盛赞北京奥运会是历史上最具特色、最为精彩的一届。

浪淘沙·欢庆新中国六十华诞（三首）

大阅兵

方队气昂昂,俨若金刚。排山倒海势雄强。神武三军全景展,装备精良。　　彩带舞空长,注目鹰翔。机型先进赏心房。导弹各型全亮相,气吐眉扬。

大游行

六十彩车长,展示辉煌。载歌载舞意飞扬。誓与神州同奋进,谱写新章。　　盛典世无双,四海观光。自豪欢乐溢穹苍。国际边缘成往昔,今耀中央。

大联欢

悦目光立方,变幻奇光。酣歌醉舞喜如狂。领袖平民牵手舞,人本张扬。　　花焰丽天芳,飞鸽呈祥。柱图各族顶天堂。社会和谐融水乳,共迈康庄。

望海潮·青藏铁路通车喜赋

高原修路,高寒缺氧,茫茫冻土难承。萦梦百年,筹谋五秩,钢龙五载穿行。天路赖群英。舍身敢拼搏,石破天惊。极限甘拼,一流多创世高评。　　乘龙直奔云程。喜昆仑让道,唐古躬迎。高路逼云,风雷滚地,陶然指顾风情。惊愕野生羚。措那湖光醉,如梦湘灵。乘势排云直上,争揽月和星。

注:唐古躬迎——唐古拉山躬身迎接。

望海潮·西气东输放歌

东输西气,横穿十省,八千里路游龙。三过母河,长城六透,长江峻岭穿通。欣看火苗熊。惠民越双亿,增福西东。动脉能源,富安西部建奇功。　　亿千度电年供。气燃来发电,夜降霓虹。勤政为民,空前盛举,中央气魄恢宏。赤县乐谐融。凝聚神州力,攀上高峰。锐意科学发展,兴起逼苍穹。

注:母河,即母亲河,特指黄河。

太常引·赞中国"天眼"之父南仁东

翻山选址远离家,廿载苦寒加。"天眼"胜仙槎,接信号、遥收宇涯。　国持重器，脉冲星现，星海任寻查。探测外星娃，暗物质、将掀面纱。

注：中国天文学家南仁东带队奋战二十二年，于 2016 年 9 月，建成世界最大单口径、最灵敏的射电望远镜，能接收到 137 亿光年远的电磁信号，接近宇宙的边缘。他积劳成疾，于次年病故。他获全国创新争先奖，中宣部追授他时代楷模称号。

风入松·载人航天成功感赋

“神舟五号”焰橙红，亮丽长空。今圆千载飞天梦，国欢腾、民族增荣。赤子同心戮力，方能奏此殊功。　中华振兴气如虹，问鼎苍穹。航天世界居三杰，着先鞭、更赖愚公。亿众含辛思奋，九霄腾起神龙。

满江红·“天宫一号”与“神舟八号”对接

动地惊天，空新旅、接交告捷。盈喜泪、海呼山笑，九州腾沸。车辆快行常撞尾，宫舟极速难相接。太神奇、设计特精微，天工夺。

航天士，同沥血。华赤子，齐心协。誓追俄赶美，勇于超越。三步将行宣海宇，一声长啸生虹霓。待九年、华站独巡天，翻新页。

风入松·“神九”手控接“天宫”

一飞冲昊念无悬，航女也悠然。人工对接高精度，外媒赞、华夏腾欢。俄美经年数十，中华未历旬年。　　太空探奥勇争先，加速苦攻关。一声长啸虹桥架，将来往、天外家园。笑看茫茫寰宇，独家华站巡天。

注：如法新社所说，短短几年间，中国航天工程取得了美国和俄罗斯历时几十年才实现的长足进步。

采桑子·“嫦娥二号”绕月喜赋

五天直上奔华月，低绕蟾宫。探奥苍穹，更摄嫦娥最晰容。　　渴思故国亲常至，二妹追踪。三妹将从，吐秘深闺情益融。

太常引·“神女”王亚平“天宫”授课

亲和善导亮英姿，实验设多题，演示展神奇。拓思路、仙霖润之。　　地天互动，学生频问，妙答启真知。仰仗太空师，小宇宙、开通竞驰。

念奴娇·庆祝香港回归十周年

回归十载，看龙骧虎步，云蒸霞蔚。基本法行光普照，治港港人心热。百业兴隆，紫荆花灿，如日中天晔。狮山狂舞，浩歌飞向天阙。　　追忆屈辱流年，离娘孤子，血浸香江月。抗日海员纲十项，禹甸救亡心切。联手相援，兴衰与共，母子连心结。盛时同庆，励精齐拓新页。

念奴娇·中国共产党九秩华诞颂

韶华九秩，望江山如画，龙腾霞蔚。回首红船光拨雾，旗举井冈传捷。辟地开天，摧枯拉朽，霹雳三山裂。逐倭复土，璧归珠返耻雪。　　奋力破浪冲冰，廓开新纪，国富民康悦。经济飙升居二大，问鼎太空三杰。造福人民，提升国力，争揽星和月。巍巍华夏，定将强国超越。

齐天乐·抗战胜利七秩阅兵

老兵方队人钦仰，将军领头真棒。十队英模，勋旗七十，烽火当年难忘。千人合唱。正军乐扬威，战歌嘹亮。倒海排山，八成装备亮新相。　　长空战机震响，各型机二百，锋锐难挡。四十多型，装台五百，威武雄姿难状。外军队广。誓捍卫和平，国强军壮。震撼欢欣，普天齐激赏。

浣溪沙·全民终身学习好

成校嫂姑赛老公，社区阅览妪偕翁，终身学习树新风。　　频点“鼠标”销土产，勤查“搜狗”启愚蒙，学型社会国昌隆。

说明：我被评为2015年全国“百姓学习之星”。在南通市暨海门市“全民终身学习活动周”开幕式上，我向市民发出终身学习倡议，后感赋此词。

风入松·江风海韵党旗红

通州党建展新风，风正气如虹。党员服务民生惠，全方位、促进和融。防治蛀虫抹黑，增辉旗帜鲜红。　　党群协力业兴隆，日上焕新容。升星晋级红旗艳，创新绩、锐意争雄。倒海翻江珠灿，龙腾崛起南通。

西江月·伦敦奥运会剪影（三首）

叶诗文上演“惊天逆转”

蓄势紧追随后，劈波冲次居先。惊天逆转震游坛，速压男儿泳冠。　　蜚语中伤歧视，西媒道歉无颜。两金勇夺国旗悬，一笑嫣然灿烂。

孙杨让世界见证中国速度

稳夺泳坛双冠，游程独领中长。远超纪录国增光，热泪潸然夺眶。　　斩浪心怡神勇，占鳌气吐眉扬。高呼振臂体轩昂，为国争赢“漂亮”。

邹凯奥运五金冠九州

技胜外邦名将，体操多项超凡。滚翻腾跃敏如猿，力压群雄夺冠。　　如发细心沉稳，似龙智勇争先。五金得主国无前，更上层楼放眼。

浪淘沙 · 海安县毛泽东诗词吟唱会

吟唱特传神，如沐朝暾。自开奇响叩天阍。石破天惊奇景现，壮丽雄浑。　　千古一诗人，吞吐乾坤。环球凉热誓同春。心仰神驰新境界，高远清淳。

浪淘沙 · 蒋大为独唱音乐会

从艺四旬年,唱彻瀛寰。靡音一扫振歌坛。响遏行云人感奋,久扣心弦。　　仙乐落凡间,美妙难言。强磁穿透淌心泉。历久弥新滋几代,共唱尧天。

鹧鸪天 · "天舟一号"飞天圆满成功

快递哥兼科学家,航天没有秒分差。相交对接"天宫二",在轨推行剂补加。　　澄玉宇,振中华,新程开启望飞槎。空间将建华人站,探梦天宫更可嘉。

清平乐 · 中国核潜艇之父黄旭华

名埋音杳,卅载居荒岛。核动精研潜艇造,三月潜巡真妙。　　泪流老父坟前,恕难忠孝双全。花甲不忘使命,九旬犹自登攀。

注:黄旭华为 2013 年"感动中国人物"。

定风波·工程院院士林俊德

莽莽黄沙地苦寒，英雄隐此五旬年。核试果成三十项，真棒，呕心沥血默无言。　　风急剑河云夜阔，飘雪，将军披甲不遑眠。住院治癌犹不息，忧职，搀抬公办惜归天。

注：林俊德为总装备部某基地研究员，享年 75 岁，为 2012 年“感动中国人物”。

定风波·轮椅上的院士金展鹏

高位截瘫十六年，图强励志苦钻研。重大科研成几项，钦仰，热心似火静休难。　　博硕栽培三十位，心瘁，论文仰阅导披肝。轮椅残躯撑国栋，圆梦，尚存一息往无前。

破阵子·高温合金开拓者师昌绪

报国情怀激荡，人生要义担当。八载隔洋思故土，一意回乡作栋梁。主持研发忙。　　特制涡轮叶片，神州插翅飞翔。三世书香承古训，两院元勋争国昌。后昆当自强。

注：师昌绪，金属学及材料学科学家，曾荣获国家最高科学技术奖，他常讲的话是：“作为一个中国人，就要对中国做出贡献，这是人生的第一要义。”2014

年 11 月 10 日病逝，享年 96 岁，被评为当年“感动中国人物”。

西江月·大国工匠徐立平

敢冒艰危细作，不辞辛苦微雕。发明廿种整形刀，不误半毫真妙。　　发损心牵事业，身摧志薄云霄。助推利器速高超，德技双馨国宝。

注：徐立平是中国航天科技集团公司高级技师，由于长期用一个姿势雕刻火药，以及火药中毒后遗症，他的身体向一边倾斜，头发也掉了大半，但无怨无悔，被评为 2015 年“感动中国人物”。（见 2016 年第 18 期《中国剪报》）

鹊桥仙·赞郎平

临危受命，一锤音定，荡气回肠一战。女排重返冠军台，十一载、千呼万唤。　　顽强拼搏，重拳扣杀，唤醒当年风范。传奇点染几青春，铁榔硬、心雄志远。

注：郎平两次在中国女排最困难的时期，主动接下中国女排主教练之职。第一次，1995 年在女排生死存亡之际，她毅然回国担任女排主帅，累倒在工作岗位上；第二次，2013 年接手执教正处于低谷中的中国女排，通过两年努力，中国女排在 2015 年世界杯赛事夺得冠军，时隔十一年重回世界之巅。她被评为 2015 年“感动中国人物”。

鹊桥仙·“铿锵玫瑰”琼中女足

2015年7月，海南琼中女足赢得有“小世界杯”之称的瑞典“哥德堡杯”世界青少年足球锦标赛12岁女子组冠军。

踢球种菜，汗掺泪水，茹苦含辛成长。一天餐费五元钱，爱拼搏、披荆勇往。　山区野队，花期少女，一路破关斩将。机灵迅猛足铿锵，世冠夺、初圆梦想。

注：琼中女足被评为“中国网事·感动2015”年度人物。（见2016年第9期《中国剪报》）。

西江月·弦歌挽阎肃

一世心连民众，等身力作词家。豪歌一路向天涯，铁脚能量天下。　引领歌坛方向，立身梅岭高崖。迎春怒放向阳花，遗韵长兴华夏。

注：著名文学家、词作家、剧作家阎肃，于2016年2月12日，因病逝世，享年86岁。一个兵，一条路，一颗心，一面旗，他被评为2015年“感动中国人物”。（见2016年第18期《中国剪报》）

定风波·守礁士兵李文波

南海守礁二十年，心知责任大如天。亏欠妻儿和父母，求恕，系心祖国挂风帆。　　能受天磨为铁汉，堪赞，站成礁石内心甘。气象水文勤探究，丰厚，守礁新创教材编。

注：李文波毕业于中国海洋大学，为2012年“感动中国人物”。

西江月·沈家父子梦想天开

父子钻研油菜，卅年沐雨披霜。一家昼夜为何忙？守护微微希望。　　培育杂交良种，会开国际名扬。巨型油菜骇千邦，父殁儿承梦想。

注：沈家父子指湖南澧县人沈克泉、沈昌健，为2013年“感动中国人物”。

西江月·门巴族女教师格桑德吉

毕业名牌师大，请求施教山乡。坚辞拉萨去遐方，忍把娇儿寄养。　　培育群苗成栋，灌浇知识琼浆。甘当蜡烛献光芒，守护门巴梦想。

注：格桑德吉为2013年“感动中国人物”。

好事近·仁医胡佩兰

七秩退名医，坐诊社区施泽。廿载雨风无阻，赞身心投入。

术非在巧在乎仁，医者更须德。开药给情匡世，敬贤人高格。

注：胡佩兰为2013年“感动中国人物”。

鹊桥仙·拾荒老人刘盛兰

残年风烛，犹施大爱，助学累捐十万。菜皮捡食着鹑衣，每角币、拾荒积攒。　　身躯病弱，心灵高尚，抛给人间问卷。崇仁厚德欲何为？常自愧、寻思答案。

注：刘盛兰为2013年“感动中国人物”。

定风波·重庆农妇姚厚芝

癌病缠身总少眠，挣来孩子读书钱。刺绣针针流母爱，成海，春晖寸草报恩难。　　铺就两孩成长路，心塑，“上河图”绣织春天。沥血呕心缝梦想，钦仰，祈天再赐寿三年。

注：“上河图”指《清明上河图》，第一幅绣127万针，三年多完成；第二幅长22米，已成7米，尚需3年才成。姚厚芝为2013年“感动中国人物”。

西江月·赞王宽

放下演员身段，古稀义作爹娘。茶楼夜夜调苍凉，为养孤儿卖唱。　　艺校收孤筹办，为师授技传长。扶危济困勇担当，堪作人间榜样。

注:王宽系郑州戏曲界老艺术家,国家一级演员。1998年退休后,王宽夫妇先后收养老家6名孤儿,为此去茶楼卖唱。6名孤儿现已长大自立,夫妇俩还在坚持资助老家的孩子,并筹办孤儿艺校,救助更多的孤儿。他被评为2015年“感动中国人物”。

定风波·村党支书段爱平

当党支书十五年,贴工舍命又捐钱。百万家财全贴净,高兴,系心百姓暖和寒。　　领种药材修电网,真棒,出资建校造林园。身患癌病拼命干,求变,乡亲怜惜众心牵。

注:段爱平为山西省长治市襄垣县王桥镇返底村党支部书记,为2013年“感动中国人物”。

忆余杭·高淑珍的“爱心小院”

施教残儿,娘背遮风女任教,“爱心小院”课堂开,累教百残孩。

善良撑起参天树,贴补午餐摆摊苦。债台高筑不收钱,义举感人寰。

注:高淑珍是河北省滦南县司各庄镇洼里村普通村民,“幼吾幼以及人之幼”,办起了“残疾儿童学校”,为2012年“感动中国人物”。

喜迁莺·孝感天下的陈斌强

宽布带，子背妈。骑着电瓶车。忙完教学带回家。来往似穿梭。　　子报恩，鸦反哺。年幼父亡母苦。母呆精护一肩挑，至孝仰云标。

注：陈斌强是浙江省磐安县冷水镇中心学校初中语文教师，为2012年“感动中国人物”。

定风波·“卧底局长”陈家顺

改扮民工似挣钱，埋名“卧底”茹辛艰。装卸养猪和保管，都干，摸清良企荐名单。　　调解纠纷偿损失，天职，甘尝百苦换民甜。民瘼关情公众仆，钦慕，“民工局长”胜前贤。

注：陈家顺为云南省沾益县人力资源和社会保障局副局长、沾益县驻浙江义乌劳务工作站站长，为2012年“感动中国人物”。

巫山一段云·“最美教师”张丽莉

学子将车祸，冲前扑挡开。截瘫苏醒问童孩，护蕾本殷怀。　　再遇无他择，人生没彩排。丹心雪貌玉为胎，裙带绮云裁。

注：张丽莉是黑龙江省佳木斯市十九中学初三（三）班班主任，舍己救学生

时，年方28岁，为2012年“感动中国人物”。

定风波·心比金坚的陈俊贵

大雪封山解脱难，饥危班长给余馒。遗嘱代看他父母，何处？领妻携子到天山。　　暑往寒来思战友，浇酒，含辛守墓廿多年。找友双亲皆过世，流泪，永陪班长比金坚。

注：陈俊贵为2013年“感动中国人物”。

鹊桥仙·同桌妈妈陶艳波

儿为同桌，母当耳朵，陪读十加六载。儿刚一岁寂无闻，只听见、无声母爱。　　门封户闭，凿窗开路，至伟至情如海。儿欣高考得春风，似听到、轻盈世界。

注：陶艳波为2014年“感动中国人物”。

定风波·最孝女儿朱晓晖

老父卧床脑梗瘫，职辞守护十三年。治病卖房仍欠债，无奈，夫携子去痛心肝。　　父女社区车库住，精护，菜皮捡食渡难关。北国冰封风雪卷，尤暖，染霜尽孝感苍天。

注：朱晓晖，黑龙江省绥芬河市民，2014年被评为“感动中国人物”，时年

42 岁,已满头白发。

定风波·为老兵寻亲的台湾律师高秉涵

海峡掀波冷月弯,一封家信祈求难。相隔倍知离乱苦,低诉,梦乡更觉故乡甜。　　义务寻亲奔两岸,偿愿,抱回百位骨灰坛。本是一家该笑对,融会,渴求家国月儿圆。

注:高秉涵曾为少小离家的台湾老兵,为 2012 年“感动中国人物”。

水调歌头·顾全大局的村支书赵久富

北国调南水,经历五旬年。昔年搬到郧县,随父建新园。新地将当水库,须至黄冈居住,民去外乡难。自让“内安”额,领众外乡迁。　　舍小家,顾大局,责担肩。高堂八秩,儿别娘老隐心酸。万里奔流南水,润泽千秋北国,国盛慰心宽。今领移民富,心底涌清泉。

注:赵久富,原湖北十堰市郧县余嘴村党支部书记,现为湖北黄冈团风镇黄湖移民新村党支书。被评为 2014 年“感动中国人物”。

西江月·“最美女孩”何玥

花样年华亡脑,平凡生命留香。器官捐献为人康,最美女孩愿望。　　花朵枝头凋谢,精灵天上飞翔。月光如水泻漓江,涤垢人心红亮。

注:何玥为广西桂林人,因癌致脑死亡,享年12岁,遵其遗愿,捐肝肾救治他人,为2012年“感动中国人物”。

画堂春·火场救人英雄王锋

火场三进救村邻,温高千度焚身。“炭人”拼命往来奔,沥血留痕。　　群众捐资医治,英雄辞世成仁。涅槃浴火靓灵魂,义感乾坤。

注:王锋,河南省南阳市方城县广阳镇古城村人,被评为2016年“感动中国人物”。(见2017年第15期《中国剪报》)

最高楼·“活界碑”魏德友

夫妻俩,根扎在边疆,义务协巡防。巡边廿万多公里,五圈地球脚来量。国歌播,迎旭日,国旗扬。　　住土屋、冷馒权作饭,守寂寞、犬羊星月伴。牵猎犬,斗豺狼。劝回临界千人次,堵回牲畜万头羊。睦邻邦,年老迈,志如钢。

注:魏德友为“中国网事·感动2016”人物。

破阵子·黄大年功德冠群英

告别康河水草，归当祖国金梁。国外设屏层障锁，科技攻关首席当。一心谋国强。　　七载少休玩命，挑灯夜战迎阳。夺秒争分心火急，补空超先情志昂。殒身功德彰。

注：黄大年生前系中国著名地球物理学家，归国七年，任国家多个科技攻关项目首席专家，首次推动我国快速移动平台探测技术装备研发，突破国外技术封锁，被评为“感动中国”2017 年度人物。

念奴娇·香港回归二秩礼赞

回归廿载，望东珠璀璨，云蒸霞蔚。惠港东风源国策，共克时艰同崛。四大中心，寰球瞩目，如日中天晔。狮山雄踞，竞争经济力杰。　　法制水准提升，跃居十一，幽赏香江月。会展五洲多亮相，即惬大桥高铁。丝路平台，联通港陆，发展开新页。同心戮力，必将强国超越。

注：香港全球航运、金融、信息、贸易四大中心地位日益巩固。2016 年，全球最具竞争力经济体排名，香港第一。

香港法治水平，从 1996 年的世界第六十多位，跃升至 2015 年的第十一位。港珠澳大桥现已通车，广深港高铁预计将于 2018 年 9 月通车。

望海潮·中国人民解放军建军九秩礼赞

翻天覆地,精忠卫国,争来盛世光明。优化武装,提高素质,诸军兵种联成。听党指鹏程。远洋驶航母,潜艇巡行。预警机超,战机先进猛如鹰。

多型导弹威灵。看培遴战将,苦练精兵。排险救灾,安民保国,心甘奉献牺牲。钢铁铸长城。一旦须亮剑,能战能赢。万里长空隼击,千里掣长鲸。

第二辑　江山览胜

崇明岛

长江浩荡口含珠，天堑墜桥通捷途。
扼守中流国门固，北南融会展宏图。

登崂山

且防坠海且登山，乐赏松林细品泉。
热汗涔涔攀绝顶，雄心鼓满水天帆。

黄山怪石（五首）

龙虎斗

岩如猛虎下山峰，藤紫枫红绕似龙。
树石相攻何日了？人间祈盼向和融。

松鼠跳天都

耕云峰顶石松鼠，逗趣玲珑长尾舒。

异想驭风超巨鼇，入云一跃上仙都。

采莲船

莲蕊山峰石似船，云翻雾涌浪滔天。
仙舟载客游河汉，采得芙蕖享永年。

仙人指路

峰巅屹立石仙人，曾劝神童返朴真。
尘世多为名利累，请君复出指迷津。

文王拉车

文王拉辇状如真，赢得周朝八百春。
不为江山征讨计，尊贤礼士又何人？

周庄行

四湖捧出一圆荷，街市依河叶脉罗。
舟楫桥梁通咫尺，归来梦湿水乡歌。

注：淀山湖、白蚬湖、澄湖、南湖把周庄环抱在怀。

游越南“海上桂林”

陆览三天印未深，喜游海上小桂林。
离舟登岛观岩洞，再驶鸡山对唱吟。

镇江游（二首）

塔影湖泛舟

舟犁藻鉴惠风柔，岸柳烟花蝶梦悠。
塔影依依霞绮漾，荷钱引见水边楼。

芙蓉楼怀古

一片冰心向九州，诗家夫子世人讴。
湖摇塔影金山固，江浪淘沙万古流。

注：王昌龄《芙蓉楼送辛渐》有名句：“洛阳亲友如相问，一片冰心在玉壶。”他因擅长七绝而名重天下，有“诗家夫子王江宁”之称。

瞻南京梅园新村周总理铜像

坦然迈出步从容，处变悦来群众中。
梅朵莲花明洁志，龙潭虎穴锐谈锋。
小窗敌探高墙暗，大理石铺宽道红。
斗恶镇邪何所惧，丰功伟格世人崇。

南京梅园新村纪念馆庭院中周恩来铜像的形态和背景，取材于南京谈判当年他迈出30号大门时拍的照片。铜像下没基座，仿佛他正向我们走来，表现他一生密切联系群众的优良作风。铜像脚踩红色大理石铺成的路，象征他一生走过的革命道路。铜像后灰暗的高墙，开着许多镶玻璃的小窗孔，里面透出阴冷的光，表现当年国民党特务监视的眼睛。西面山墙上马蹄莲花饰和雕有梅花图案的石刻透空窗，象征周恩来处变不惊、斗恶镇邪的英雄气概、高洁志向和伟大人格。

奉化溪口行（三首）

游雪窦山

水灵山魄豁吟眸，仙境天人交语稠。
探秘寻幽谒弥勒，心无挂碍复何求。

注：雪窦山为弥勒道场。

望千丈岩瀑布

悬空千仞白纱飘，玉女停机下九霄。
欲露还羞惊见客，轰鸣飞溅奏箫韶。

咏妙高台

古木楼台上接天，悬崖万仞下临渊。
独夫只喜居高妙，岂解高危忧底寒！

注：妙高台在溪口雪窦山上，为蒋介石、宋美龄避暑之地。蒋曾在楼上门楣题“妙高台”三字。

瞻鲁迅故居纪念馆感赋

——纪念鲁迅诞辰130周年

久仰先贤硕德芳，今瞻堂馆忆华章。
笔诛顽敌疗奴性，血荐轩辕挺脊梁。
陷阵冲锋驰主将，舍身窃火照尧疆。
中华文化标方向，遗泽深长难估量。

注：毛泽东同志在《新民主主义论》中说：“鲁迅的方向就是中华民族文化的方向。”

谒中山陵

木铎墓形犹振聋，铭文不着五洲崇。
亭楼台榭联珠灿，山水城陵托体融。
博爱胸怀容阔海，大公心志彻长空。
和平发展圆瓯日，告慰英灵国益雄。

谒雨花台烈士陵园

此地传曾天雨花，为何英烈骨如麻？
身滋翠竹噙晨露，血沃红枫染晚霞。
屈臂劲张枷锁碎，丰碑高耸火云拿。
随梯直上观台眺，广厦通衢福万家。

注：火云，即火烧云，火红的云霞。

谒玄武湖郭璞墓

环洲烟柳啭流莺，墓古人稀草色青。
衣冢正如金字塔，土山侧是郭仙亭。
呕心诠释尔雅典，沥血注疏《山海经》。
命卜言亡叛军戮，千秋犹敬拜英灵。

注：郭璞乃东晋著作郎和尚书郎，是大文学家，还精通地理和占卜之术，人称“郭仙”。叛军首领东晋大将军王敦谋反败亡。东晋王朝表彰郭璞为“第一忠臣”，为其立墓建亭，追封纪念。

游崇明县人造森林公园感赋

知青卅万战崇明，旧照勾思林道呈。
刺刺队旗沾血汗，铮铮口号震天庭。
伤筋痛骨心弥壮，熬冻忍饥歌益铿。
塑毁人才任评论，千锤百炼出精英。

忆游长江老三峡（排律）

瞿塘峡壮赏奇观，咽扼夔门千仞巅。
赤甲晴晖融远客，白盐曙色亮江关。
谷开一线舟行窟，斧劈两山峰接天。
绝壁凌空铺栈道，云崖凿孔置悬棺。
巫山江转迂肠曲，神女云擒仙子妍。
飞瀑泫泉幽胜境，青藤花木丽烟峦。
西陵水急翻惊浪，长峡人忧畏险滩。
怪石染秋猜画意，如诗似幻梦斑斓。

注：夔门两侧有赤甲山和白盐山，高耸入云，壁立如削，隔江对峙，恰似天造地设的大门，红装素裹，蔚为壮观。

重游三峡

秀奇不减雄无险，大坝工程举世惊。
水涨平湖黄变绿，船高叠嶂黛镶青。
下淹旧景怜泯灭，上建新城喜勃兴。
功在当今千代利，防洪发电巨轮行。

游神农架

山腰秋艳顶峰冬，出世横空傲国中。
白鹿闲行鹰掠地，金猴悠荡鼠凌空。
珍稀树种常挨脸，贵重药材时入瞳。
极目林涛思远古，回归绿野忆神农。

游深圳锦绣中华园

春光旖旎百花馨，超越时空异彩呈。
锦绣江山归一览，辉煌奇迹聚微型。
宫陵古韵千年塔，兵俑雄风万里城。
被毁名园全景现，旁雕残柱警钟鸣。

注：名园，指北京圆明园。

漓江游

百里长廊展画帘，千姿万态费人参。
青山夹峙山浮水，碧水萦回水映山。
怪洞幽深飘瑞气，奇岩瑰丽笼轻烟。
流泉飞瀑添诗兴，若得常游不羡仙。

石林

追思远古对雄浑，澎湃涛声似尚闻。
万笏擎空蓝胜海，千峰拥翠绿如茵。
壮凭鬼斧翻天地，美出神工摒凿痕。
泉水泠泠沙洗尽，无心雕饰乃归真。

黄山

小瞧五岳敢称尊，数十高峰逼帝阍。
气冠群山岩竞怪，云凝昊汉海铺银。
松林奇趣迷游客，泉水香温醉浴人。
翠影岚光千万态，忘言惊诧似销魂。

黄山温泉

黄山紫石吐龙涎，澄澈甘醇非一般。
溅玉喷珠浮雾气，清心疗疾绝尘喧。
温贤渴饮丹砂井，贾岛拜师灵异泉。
沐浴此池除浊气，身轻步健似飘仙。

注：李白《送温处士归黄山白鹅峰旧居》诗云："归休白鹅岭，渴饮丹砂井。"贾岛《纪汤泉》诗云："遐哉哲人逝，此水真吾师。"

黄山云海

风行云涌现奇观，夕照山岚景万端。
商借仙姝刀一片，欲裁霞海锦三千。
青螺衔住半边月，紫浪回旋五老船。
心淡情悠任舒卷，流脂花簇竞鲜妍。

苏州古镇木渎游

名山拱卫如屏秀，胜水甘滋景色幽。
古镇苑林堪第一，名人鸿爪更无俦。
夫差临幸馆娃殿，玄烨巡游御码头。

晚照虹桥图画美，私园绮梦雅思悠。

海港晨兴

横穿欧亚走长龙，东首连云港势雄。
红日升腾喷紫气，青山拱峙护骊琼。
国旗漫卷迎千帜，铁臂轻摇送万艟。
吞吐吟哦诗卷浪，鸥翔燕掠海翻空。

参观扬州大明寺鉴真纪念堂

敬瞻雕像凝坚毅，修睦扶桑弘法仪。
东渡五番遭厄运，南行三度遇灾痍。
石灯烨烨相辉映，友谊殷殷互固基。
尽管狂风呼啸急，泰山富士却无移。

注：鉴真纪念堂有一座石灯笼，是1980年日本唐招提寺长老亲自送来并点燃的，与日本唐招提寺的另一盏石灯笼是一对，长明不灭，遥相辉映，象征着中日两国人民世代友好的光明前景。

游海南岛

白浪滔滔三亚湾，翠微霭霭鹿回峦。

万泉河畔尝椰汁，五指山前品景观。
娘子军威瞻巨像，五公祠伟仰高贤。
天涯留影依天柱，极目牵心南海安。

游峨眉山

峨眉雄益秀，梵宇遍山峦。
巧构危崖上，深藏青翠间。
普贤宏德熠，金顶佛光妍。
赏雅清音阁，搜奇一线天。

瞻乐山大佛

乐山三水会，石刻佛传神。
凿历四朝代，雕成年九旬。
身逾五十丈，足立百余人。
瞻仰长兴叹，海通仁惠民。

游千岛湖

新安水库浮千岛，湖底狮城现岸边。
浩渺烟波疑碧海，连绵繁木染青山。

素衣纸伞清新貌，黛瓦粉墙幽古颜。
竹茂茶香思虑静，莺歌蝶舞梦魂牵。

游无锡小灵山感赋（古风）

喜见灵山新峰竖，卅丈铜佛屹南麓。
左侍青龙右白虎，三峰拱卫飘云雾。
远眺太湖烟浩渺，碧波万顷日月吐。
近观寺庙势恢宏，游人香客来无数。
佛祖垂视眉如月，慈颜微笑赐康福。
极乐世界虽虚无，因果报应却少误。
应得到手化祥乐，妄得到手成灾苦。
君不见闻众巨贪，富贵烟消不归路。
名利熏心须破迷，贪婪成癖应开悟。
掠影烟波觅小魚，搏风云天羡鸥鹭。

游普陀山（古风）

普陀悬莲洋，峰峦耸苍穹。
千步金沙灿，洞幽石玲珑。
潮来雪山崩，浩气荡肺胸。
琪花瑶草地，古木紫竹丛。
人过衣带香，兔来辞月宫。

鱼龙腥不到，鸥燕上碧空。
心净绝尘嚣，风清饮醇浓。
寺庵数过百，错落翠霭中。
远客肩摩肩，夜半尚鼓钟。
昔屡遭倭患，今逢盛世荣。
居安应思危，励精当自雄。

张家界览胜（古风）（新韵）

拔地摩天三千柱，穿云追日势危厄。
步谷常疑山即崩，登峰将信星可摘。
山水会集天下奇，丹青妙手瞠结舌。
佳丽飘纱世间绝，摄影大师摄难得。
万顷林海秀发漾，八百条溪血脉热。
古木参天藤匝地，紫草潭幽显羞涩。
金鞭溪唱龙抖鳞，赤脚村姑野韵格。
十步一景赞忘言，啊哈啊哈处处乐。
山绿水绿梦也绿，绿色迷宫融游客。
林美禽美人更美，园工头白子承辙。
未曾污染之山水，心灵向往之仙阁。
未曾污染之心灵，最最上乘之景色。

人间瑶池黄龙沟（古风）

金色巨龙伏谷林，三千彩池耀龙鳞。
高低错落多情致，晶莹剔透色缤纷。
列成梯队笑迎客，妩媚多姿忒殷勤。
欣览娑萝池周曳，杜鹃逗水羞娇娥。
讶视神造巨盆景，花树献舞影婆娑。
细味彩池浴白玉，石笋琼花弄水波。
远望池面平如镜，近察花叶转漩涡。
注目坡面疑水泻，钙华似浪欲下坡。
吟赏飞瀑鎏金辉，孔雀开屏虹腾挪。
玉嶂参天绕霞绮，碧水泻地走黄龙。
浅涉溪滩深探洞，林径苍苔如絮松。
琪花瑶草雅香溢，珍禽异兽唱和融。
宛如瑶池尘世落，恍若幽梦仙境逢。
洗身瀑中脱俗骨，神爽身轻遗杖筇。

童话世界九寨沟（古风）

九天彩虹落山沟，幻成百多翡翠湖。
火花海上星眨眼，卧龙海底梦龙苏。
犀牛海里藏神牛，老虎海头虎啸呼。

孔雀河面艳波流，五花海中彩雕铺。
镜海鸟飞水晶殿，瀑布喧啸溅玉珠。
熊猫海情纯真厚，箭竹海韵空灵殊。
天鹅海似歌谣未？芳草海若情诗无？
彩池幻中夺魄镜，长海梦里仙人葫。
九寨沟水美精灵，如歌如诗如画图。
如幻如梦化境美，我飞林梢唱咕咕。
珍珠滩奏生命鼓，唱亮环保高音符。

登南京阅江楼（古风）

气吞万里九州一，元璋得志奇思多。
山砣月钩虹作杆，称称江山有几何。
未楼诏记先天下，《阅江楼记》臆嵯峨。
有记无楼六百载，空中绮楼泅逝波。
十朝都会王气泯，江山得失在人心。
民心历来自有秤，能称江山称古今。
今逢盛世夙愿酬，狮岭屹立阅江楼。
古式建筑堪扛鼎，卅八景观跻前头。
吴楚名楼今有四，煌煌气派古无俦。
飞檐摩空翼高岭，黄瓦碧镶朱楹幽。
石碑铜雕国之最，瓷画苏绣甲九州。
两腋风生七层上，凭栏俯瞰一望收。
浩荡长江架彩虹，穿梭巨轮驰钢龙。

河护古城城抱岭，山水城楼旷心胸。
高楼林立钟山隐，车水分流立交通。
下山夜仰披水晶，恍如蓬莱仙阁容。
云锦绚丽珠玑列，游人骈肩夜市红。
吴刚辅料桂花鸭，嫦娥供材彩云绒。
李煜愁解万家乐，香君恨消百族融。
穿越千载驰四极，今醉天街酒一盅。

注：《阅江楼记》汉白玉碑、“君臣阅江”青铜浮雕、“郑和下西洋”瓷画和“江南四大名楼”苏绣均系全国之最。

阅江楼明四暗三共七层。

参观上海世博会（古风）

相约上海抱世界，梦圆浦江逛新城。
万国博览相辉映，中国元素最鲜明。
融汇创新竞技街，演进文明大舞台。
发展难题共探究，未来图谱同剪裁。
“东方之冠”展智慧，“未来城”馆显和谐。
新能源车开眼界，零碳板房启未来。
“中东之旅”喜若狂，“太空漫步”惊欲慌。
六万尖杆种子殿，三百顶级珍宝窗。
仿人机器神通显，花园城市魅力彰。
太阳能航模亮相，从神州将起翱翔。
意城庞贝惊魔幻，美城未来讶徜徉。

科技交流新坐标，理念碰撞美乐章。
开启文明新起点，放飞梦想奔天堂。
新式生活人向往，心灵之旅骋无疆。

游酉阳县大酉洞桃花源（古风）

行离县城约里许，大酉奇洞现眼前。
穿过幽深溶岩洞，豁然开朗别有天。
悬崖峭壁围盆地，盆底终年冒清泉。
良田美池数十亩，村落精舍隔世喧。
石室藏书龙护简，松峰耸翠玉泉悬。
龟鹤遐龄留仙迹，桃涧流红起霞烟。
汩汩溪水自洞出，泉孔酉阳河涌澜。
土不出洞汉不入，景沉一千六百年。
今世客自海内外，来赏隐逸古朴园。
专家考证六相似，桃花源记有此原。
心念桃源融暖意，悠然自悟妙难言。
怡然平常心态保，不追名利返自然。

注：《四川省通志》记“酉阳，汉属武陵郡之迁陵地，渔郎所问之津，安知不在于此？”近年，国内外专家学者从地理、路线、景物、历史、距离、环境六个方面考证，一致确认大酉洞桃花源与陶渊明所记桃花源者，毫厘不爽，是其《桃花源记》的原型，是世外桃源的真迹，是与世隔绝的人间仙境。

西江月·岳麓书院

郁郁文哉书院，巍巍肃穆厅堂。园林鱼跃隼鹰扬，师导生修相长。　　千载楚材源此，三湘弟子争光。拿云巨子铸辉煌，四海学人向往。

临江仙·游崇明区前卫生态村

观赏崇明人拟景，瀛洲仿古农园。结庐唐代拓荒滩。渔盐兴盛，展仿宋与元。　　女织男耕明代貌，今成世外桃源。水车踩唱艳阳天。夫妻推磨，嬉笑返青年。

浣溪沙·水乡古镇朱家角（三首）

上海之“威尼斯”

山色湖光映瑰珍，纵横河港九街伸，石桥卅座古风存。　　屋建明清依水岸，水流屋后出前门，淋漓水墨画形神。

沪郊之“好莱坞”

三里古街一线天，对楼牵手细交言，灯笼高挂店盈千。　　巨片演员来济济，小桥流水去涓涓，朦胧月色醉心田。

淀山湖畔“北戴河”

帆影浮云追过鸿，狂风骤起浪千重，九山浑在有无中。　　高尔夫乡游泳场，名扬中外展雄风，喜观冲浪荡心胸。

鹧鸪天 · 苍洱游

追梦春乘“南诏”船，风光无限水天宽。苍山雪凛雄堪敬，洱海波柔秀可餐。　　歌亮丽，舞翩跹，金花五朵似当年。献茶三道眉边举，如赏清淳白族天。

临江仙 · 游玄武湖

山水城林辉映，沧桑历尽珠斓。环洲莺啭柳如烟，樱洲花似海，樱树海棠妍。　　未遇梁洲开菊，且来鱼馆尝鲜。菱洲品鸟赏山岚。波摇城塔影，心旷自怡然。

渔家傲 · 游西湖

梦醒飘纱西子媚，绿光离合多神味。堤柳轻摇花弄水。抛翡翠，接天荷叶扬裙袂。　　洗尽天堂千古泪，霞光绚烂开奇蕾。画舫迷离云昊内。心沉醉，登仙瀛岛平生慰。

注：登上湖中的小瀛洲岛，恍临仙境，似已登仙。

浪淘沙 · 游瑶琳仙境

洞府世间稀，曲折雄奇。探幽数里不知疲。钟乳琳琅争斗秀，目醉神迷。　　仙境俗尘离，七彩虹霓。冰心一片忘机宜。能否启人开俗障，性转情移？

蝶恋花 · 夜游绍兴沈园

天造姻缘终被毁。将折红英，空诉愁肠碎。园壁词魂哀怨悔，遗踪凭吊犹催泪。　　新月温柔天似水。树下花前，情侣双双会。熙攘“宋街”疑错位，黄藤酒饮人痴醉。

注：“将折红英”，意为“将要摧折红英（红英喻唐婉）”，也可解为“（陆游）以折红英（钗头凤的别名）词牌填词”。

莺啼序·张家界览胜

三千顶天石柱，讶形奇势兀。步山谷、疑即山崩，顷刻风刮开裂。上山顶、台高视远，天低似可摩星月。拜山魁，身骨嶙峋，险雄魂夺。　　万顷森林，漫野遍谷，漾青衣秀发。百溪唱、清越泠泠，恰如欢畅筋血。画廊长、画家瞠目，乐厅广、琴师结舌。艺宫深，精品宏文，秀奇心惬。　　湘西野妹，绿色迷宫，野幽趣更突。探野谷、襟收寒翠，古木参天，匝地藤萝，境幽人悦。禽珍兽异，春花秋果，遗乎世外由开落，洗尘身、化我融何物？丝丝绿雨，场场绿梦香甜，化融处处心贴。　　美哉造化，伟者人功，赞秃山再蔚。护创美、园工坚志，奉献终身，再献儿孙，代相承接。青山永茂，诗情长盛，园工头白山染绿，净心灵、名利皆超脱。青岩陶冶回归，泼绿研朱，美乡意切。

第三辑　锦绣南通

通州城东村组歌（六首）

一

春风化雨润心田，谱写城郊经济篇。
大道行行隐樟树，高楼幢幢矗云天。

二

四顷石楠红叶展，意杨摇绿绣塘滩。
壮禾泼碧田万亩，信步氧吧群鸟欢。

三

两顷草莓红焰艳，山羊万只白云翻。
锦鳞嫩肉鲜蔬果，荤素输城品种繁。

四

厂企如林三十整，理清环境净尘烟。
专营街道条条旺，服务周详涌客源。

五

民富村强风景美，人和气正地方安。
老人有养有依助，鹤发童颜笑粲然。

六

骚客采风歌盛世，乡姑小伙舞翩跹。
徜徉村里心沉醉，吟味城东圆梦天。

春游刘桥镇蒋一村

水清河畅飞苍鹭，林密道宽荫画楼。
燕舞蜂吟菜花灿，老夫信步惬优游。

偕友逛兴仁镇徐庄体育园

村民已满健身房，比试投篮灯泻光。
运动休闲下棋乐，羽球玩罢练乒廊。

十总镇狠抓生态建设

挖土夯基机唱劲，造桥拆坝水流忙。
岸坡除秽添新绿，河道治污开亮窗。

游刘桥镇长岸生态村

浓荫遮道不扬尘，幢幢华楼花苑春。
长岸河清弥望绿，但求长作画中人。

游南通濠东听鱼馆

沟深濠阔隔尘嚣，绿苑悠游过小桥。
馆雅闲听鱼唼水，岛幽注视鸟营巢。

南通濠河澄怀亭

坐亭闲看云舒卷，倚柱悠观雁阵排。
山远濠长宜骋目，名轻利淡可澄怀。

南通濠河濯缨亭

亭伴嫦娥舞,波扬随屈伸。
清濠濯缨足,皓月洗心尘。

南通濠河柳叶渡

每到春时来此津,只缘烟柳总撩人。
画桥座座无须渡,绿苑酒吧垂钓纶。

注:柳叶渡在濠东绿苑公园酒吧内之西侧。

游通州渔湾水道

长河猫眼绿,欸乃荡游船。
苇鹭扑拉举,啊哈回自然。

通州好人赞（三首）

南山社区建“宋奶奶爱心坊”

耄耋宋英捐百万，帮贫助学作基金。
爱心坊里暖流涌，种子一颗成茂林。

“雷锋式”交警陈忠林

冒雨顶风勤护蕾，幼园门口尽心呵。
穿梭接抱童无数，众昵称他“抱抱哥”。

无臂书法家王剑华慰勉病童

“磨难是财”挥笔衔，虽贫犹赠病童钱。
身残志励灵魂美，渴望仁心毅力传。

咏苏中植物园（四首）

荷香榭

独抱冰心守碧塘，妖桃艳李妒幽香。
风撩玉颊生红晕，点水蜻蜓悠自凉。

凤仪亭

瑶镜平张映碧山，绮亭临水柳梳烟。
群楼深处高梧立，谁筑新巢引凤还？

三贤寻踪

留取丹心万古香，殷忧天下略胸藏。
楼桥亭阁寻踪影，恍见当年风貌扬。

注："三贤"指文天祥、范仲淹和学者诗人胡西垞。

木石传情

葱茏古木话沧桑，奇石玲珑引兴长。
雕像有心开俗障，含情不语布清芳。

启东圆陀角

江海苍茫浴日星，造船陀角梦惊成。
长鲸劈浪蛟龙舞，欲替新轮壮试行。

启东版画院

陋室挥刀创意翩，兴波尺水漾瀛寰。
紫薇园寂幽思远，简朴空灵现万端。

游南山湖南山寺

相辉湖寺璧成双，塔绕霞霓水浩茫。
楼殿恢宏临佛境，园林幽渺入仙乡。

观国乒一队教练来开沙岛选苗

好胜少年无畏心，攻防扣削汗涔涔。
江翻风卷蛟龙斗，小虎生威压马琳。

注：马琳，曾为乒乓球世界冠军。

登狼山眺望

狼山耸峙海江边，浴日吞星水昊连。
驻足危崖观绿野，攀援宝塔拨青烟。
新区万幢扬朝气，大港千艟上远天。
波卧长虹诗画美，登临豁悟赏心篇。

苏通大桥通车喜赋

群英奋战夺天工，四着先鞭举世崇。
巨瑟轻弹江浪涌，长虹飞架海涯通。
神龙腾雾驰千乘，灵铁穿沙驶万艟。
脉接东南三角旺，波连西北九州雄。

游南通园博园

依山傍水筑园稠，锦绣江苏半日游。
红暖梅林花解语，绿凉竹院鸟清喉。
粉墙黛瓦三分月，帘洞青丘十丈旒。
耸寺钟扬心旷远，目随江上一飞鸥。

谒张謇先生墓

景仰先贤报国情，大魁天下弃冠缨。
振兴实业医贫弱，创立新庠育俊英。
事挫晚年留后憾，功成近代领先城。
长江敬飨五山烛，黄海掀涛千鼓鸣。

注：张謇，清末状元，近代实业家、教育家，以实业教育救国为宗旨，弃官返乡，在南通建纱厂、冶厂、油厂、面粉厂、火柴厂等二十多个企业，办文化教育、金融商贸、农垦水利、社会慈善等多项设施，创中国第一个师范学校、职业学校、盲哑学校、博物苑和气象台等“十项第一”，搞“一城三镇”、城乡相间、花园城市建设模式，将南通打造成“近代中国第一城”。

谒南通狼山沈寿墓

花扶竹拥瘗江陬，山麓名园景色幽。
刺锦巴黎金奖获，传经通邑壮心酬。
若生今世描新画，更胜当年绣旧帱。
此去苏州探乡便，彩虹飞架喜睁眸。

谒南通狼山骆宾王墓

咏蝉冤狱倍凄惶，草檄讨周亡碱荒。

饮露餐风高洁显，含珠漱玉锦章扬。
祈排宿怨东临海，请遣旧愁南蹈江。
环视大桥诸巨港，不毛地变米棉仓。

注：唐高宗仪凤三年，侍御史骆宾王因上疏论事触忤武后而遭诬，以贪赃罪名下狱；后因草檄讨伐武周而亡命海边盐碱不毛之地。

南通世外桃园休闲农庄

悠然垂钓趣绵长，野味江鲜细品尝。
划艇犁波舷激浪，游园采果露含香。
得闲高枕草庐榻，寻梦幽帘湖榭房。
鸭嘎鹅歌岛鸡唱，农庄四宝美名扬。

注：农庄四宝，即野鸡、野鸭、皮蛋和鸭蛋。

春游通州开沙岛（排律）

莺啼蜂闹菜花黄，野菜江鱼供品尝。
柳拂蕙风鸥浴举，桃含玉露燕低昂。
休闲度假华能馆，采果垂纶秀岛庄。
探胜绮廊循曲水，寻幽白鹭戏清塘。
农楼村社悬红旆，江厦洋球滚绿场。
注目欣然看乒训，舒心沉醉赏仙乡。

注：洋球，指高尔夫球。

参观中国乒乓球训练基地

巍巍乒馆矗长江,各省送苗来四方。
数载离家甘茹苦,一心报国誓增光。
腾挪拍起猿肢捷,叱咤风生虎目张。
睥睨尘嚣潜铸剑,争先出鞘试锋芒。

秋游通州南山湖(排律)

平湖浩阔靓桥多,偕侣公园漫步游。
采粉花间蜂蝶舞,栖身树顶鸟蝉啾。
广场雕塑鸥飞浪,水上歌台我试喉。
菡萏凫嬉牵碧叶,清波鱼跃漾红舟。
摛霞绕塔神仙境,耀日喷泉玉帝旒。
岸畔楼群添别墅,结庐于此复何求。

观通州忠孝文化园感赋

楼阁亭廊书字像,园林古雅绽奇葩。
精忠当魄旺千载,至孝为先谐万家。
瞻仰先贤心净化,谨遵垂训德升华。

怀萦思绪难离去，回首依依沐晚霞。

刘桥新貌

六车道接城区路，高速口驰通海涯。
厂企如林滋雨露，楼丛似笋沐霓霞。
农居科普逾千册，村镇精培富万家。
文化繁荣国嘉奖，腾飞经济翼添骅。

注：国家科协命名刘桥镇农村科普活动站为示范试点。

国家文化部命名刘桥镇为中国民间文化艺术之乡。该镇楹联、诗词、灯谜、风筝特色文化享誉海内。

通州余西老镇访古

河水绕城千载流，昔司盐务隶扬州。
青砖碟瓦大深院，褐石龙街小绣楼。
银杏参天话今古，牌坊矗地吐欢忧。
钩沉史海秋阳丽，多少英才出绿畴。

注：通州余西老镇，古称龙城，建于唐代，曾设盐务分司，隶属扬州盐务司。

通州渡海亭

九死江淮渡海亡，磁针譬誓向南方。

高歌正气千秋炳，留取丹心万古香。
远浪喧腾怀壮烈，后生肃穆祭忠良。
胸中奔淌先贤血，火炬烛天华夏昌。

注：文天祥出使元营被扣逃脱，亡命江淮，九死一生，从通州五总渡海南下抗元。今人建渡海亭纪念。

通州开发区礼赞

百幢高楼霞绮蔚，绿荫大道纵交横。
内联外引虹桥架，后继前奔花炮鸣。
窗口敞开呈异彩，古沙崛起显奇能。
翻江倒海骊珠灿，龙首高昂吟啸腾。

如东县洋口港生态旅游

绿色能都深水港，锦鳞彩贝讶千多。
炎阳焦聚依棋布，风电机分沿岸罗。
筝竞哨鸣交响乐，蛤藏滩跳迪斯科。
驱车新码船连昊，信步氧巴心淌歌。

海安中洋特种水产养殖基地

改造滩涂四千亩，露培厂养建工房。

华鲟万尾善怀土，江鳄百条凶敛芒。
气鼓豚离人逗乐，圈游鲥聚食争狂。
国标多项此敲定，濒绝珍稀挽救忙。

海安中洋现代城观光（排律）

科技崇楼光陆离，新城洋派亮丰姿。
七方古树高稀大，廿四园林珍贵奇。
莲睡逸香招叠瀑，虾游逗趣惹流溪。
红芳归去一春赋，青韵移来四季诗。
岛绿河宽莺闹柳，泉清桥曲鲤嬉池。
古今文化雕群塑，解读此城人着迷。

启秀风荷

弥望绿荷欣若狂，神迷桥曲险栽塘。
天仙出水悠悠起，玉颊生香淡淡扬。
露润红颜飞白鹭，风摇金饰舞霓裳。
清标云志谁能解？昂首苍穹欲引吭。

五亭邀月

碧玉五颗镶项链，琼亭别致漾濠波。
娉婷少女昂招手，妩媚嫦娥飘降河。
虹影摇情歌缱绻，清光凝露舞婆娑。
仙音缭绕石舟荡，送往迎来雅客多。

观南通博物苑感赋

千载通城名近世，百年博苑益辉煌。
物华天产观珍宝，地域人文赏瑰章。
舒展古今研读卷，打开内外认知窗。
张公首创匠心见，启迪后人当自强。

注：张謇于1905年创办了中国第一个博物苑。

游南通盆景园

入门龙吐水潺潺，饱览奇松盆景园。
倒挂悬崖蛟探海，托扶玉宇虎奔山。
舒张羽翅鹏腾昊，盘曲身腰蟒踞湾。
掬月汲濠滋秀挺，寻幽后院赏琴弦。

喜庆“十八大”，幸福新通州（古风）

喜庆党的十八大，通州歌舞老少欢。
驱车逛城儿偕我，激赏处处换新颜。
冷落城东今变样，高楼林立道路宽。
吸人眼球城展馆，观展亮点似星繁。
南山公园珠璀璨，打造苏中一流园。
水上舞台构思雅，文化广场气势暄。
卅万平米醉新绿，清波跃鱼漾游船。
城东村社我曾访，前年均收两万三。
绮楼栉比林塘秀，远望卅厂蔚霞烟。
城南开发焕新容，高楼百幢产城融。
着力培育特色业，高新科区争国雄。
转型升级促发展，内联外引架长虹。
亿元新项区超百，新老大项急鼓隆。
主城繁华美胜画，行人如织车接龙。
城区五校正新建，安全优雅规模宏。
儿劝住城画中游，我言乡镇把人留。
居家养老中心建，身边无儿不犯愁。
处理污水河变绿，画楼花院环境幽。
人民幸福党目标，九州美景不胜收。
全面小康现代化，两幅宏图亮心畴。
八项新规党风正，实干兴邦有奔头。

缕缕阳光开笑靥，幸福写满美神州。

南通市通州城东村再歌（古风）

科学统筹各业旺，城郊经济亮新篇。
大道似网隐樟树，高楼如画列云天。
石楠炫红四顷地，壮禾泼碧万亩田。
意杨摇绿玉兰馥，顷半茂林绣塘滩。
伫立村头弥望绿，信步氧吧群鸟欢。
两顷草莓红焰艳，万头山羊白云翻。
锦鳞嫩肉鲜蔬果，供城荤素色斑斓。
厂企林立三十整，环境整治净尘烟。
三产花絮串串靓，专营街道条条繁。
村干领农造福地，民心有法筑屏藩。
好善乐助风气盛，义工奉献佳话传。
老有所养有依助，鹤发童颜笑粲然。
村强民富景优美，风正人和居康安。
诗人采风歌如蜜，村姑闻韶舞似仙。
世外桃源千年梦，梦想成真今世间。
徜徉村里心沉醉，吟味城东久留连。

观瞻南通廉政文化广场（古风）

廉风凛凛浮雕墙，廉道蕴厚源流长。
渡海舟轻巨石镇，陆绩归里清名扬。
周新悬鹅警示众，立檄拒礼于成龙。
棒打送礼忆顾协，忧国爱民怀范公。
执法严明颂包拯，犯颜直谏赞魏征。
廉洁奉公方志敏，惩治贪腐张伯行。
鞠躬尽瘁焦裕禄，廉政为民牛玉儒。
清风牵衣留我驻，感佩自省奋笔书。
事后偶收农产品，自视清高今愧吾。
官来广场扪心问，几不愧疚态自如？
廉政事关党国运，三申五令出中央。
贪腐歪风不煞住，将致政息且人亡。
严惩腐败不手软，民主监督制度刚。
当官就要晒家产，权力运行照阳光。
真要代表大多数，不谋私利第一桩。
深化改革利天下，风清气正国永昌。

南通市“五城同创”赞（古风新韵）

近代城第一，励志求恢宏。

拧成绳一股，殚精创“五城”。
历史底蕴厚，文化氛围浓。
通师昔首创，通大今争雄。
百年博物苑，扩建大增荣。
修葺三古塔，装点五芙蓉。
重建古剧院，更俗又移风。
吹拉弹跳唱，社区文化红。
法德双治理，力促四文明。
苑墙图文茂，潜移民风清。
助人莫文隋，好事胜繁星。
通中为国范，德品育精英。
学习焦裕禄，爱民勤奉公。
发展新理念，创放绿共融。
新区矗万幢，大港纳千艟。
创新结硕果，老城焕新容。
小路成大道，旧街新厦隆。
每见场亭榭，时遇花木丛。
风来不扬尘，人过衣香萦。
车多音不噪，蜂多无苍蝇。
排污细净化，碧水映蓝空。
夜倾珠万斛，九天落霓虹。
泉喷烟花绽，曳彩摇心旌。
城在水中座，人在画中行。
同创皆登榜，我市品位升。
坛论大城带，港洽客满庭。

南通家园好，外商留激增。
美名扬天下，南通正飞腾。

注：五芙蓉，指狼山、军山、剑山、马鞍山和黄泥山。
莫文隋，即“莫问谁”的谐音，系南通市做好事不留名的群体。

南通放歌（古风）

滨江临海靠上海，“一带一路”据要冲。
海江空港大者五，周飞千机驶万艟。
苏通崇启桥雄伟，车流两道跨江虹。
铁公路网居枢纽，高铁即将贯沪通。
九处立交桥高架，畅通快捷驰车龙。
好比健男秀肌肉，又似美女隆脯胸。
质量强市为国范，改革创新硕果丰。
智慧产业雨后笋，科技进步市登峰。
民生幸福心欢畅，生态文明意舒松。
日照三塔辉金顶，月洗五山秀芙蓉。
绕城濠河翡翠链，城似神女添靓容。
博馆十座明珠缀，濠河十景仙境逢。
小区游园人浅醉，综专园逛醉意浓。
鹤发怡然百岁众，长寿之乡誉宇中。
世界体坛廿金夺，冠军摇篮世争雄。
凡人善举“莫文隋”，爱心接力久为功。
百万江海志愿者，好善乐助树新风。

市强民富景优美，居康风正人和融。
国授桂冠八大顶，于苏中北当先锋。
主办国际博览会，“江带丝路”共昌隆。

注：南通处在长江经济带和海上丝绸之路的交汇点，既是“江带”北翼桥头堡，又是启动海上“丝路”的现代港口城。

南通五大港，指国际大海港洋口港和吕四港，大江港狼山港和南通港，大空港南通机场。另有多处海港和江港。

沪通大桥（双层）在速建中，一层为高铁复线和快铁复线桥，一层为八车道高速公路桥。

“莫文隋”即“莫问谁”，一群做好事不留名的人。

南通市获国家级荣誉称号，主要有：全国文明城市、全国科技进步先进市、全国质量强市示范市、国家海域综合管理创新示范市、国家现代农业示范区、全国卫生城市、国家生态建设先进市、全国历史文化名城。

南通濠河漫咏（古风）

江进海退留足印，黄海之角几沧桑。
多个湖泊连成串，濠河绕城水茫茫。
濠河阔如城之肺，呼吸吐纳通海江。
濠河碧如荷之叶，城似菡萏散清香。
濠河明如城之眸，魅力四射开绮窗。
濠河美如翡翠链，城似少女靓新妆。
博馆九座明珠缀，濠河十景宝石镶。
五亭邀月凌波舞，五园览翠望山苍。
别业阳筑瞻张謇，启秀风荷舞霓裳。

仙桥堤绿翁钓乐，文峰霞绮塔流光。
怡园泊舟摇万象，绿苑探幽穿百廊。
北阁波阔金鳞闪，天宁寺古塔铃扬。
鱼翻藻鉴碧波漾，万木葱郁百卉芳。
莺唱蜂闹燕蝶舞，鸭嬉鹅歌鸥鹭翔。
华灯初上荡彩舟，恍入仙境画中游。
千眼喷泉溅玉露，万道霓虹曳彩绸。
楼台亭榭浮水上，仙乐缥缈桨声柔。
海韵江风文蕴厚，风雅万态世无俦。
泰晤士河风骚逊，中国城河数一流。
近代中国城居首，敢为人先展宏猷。

注：中国近代伟大的实业家、教育家张謇在南通创建了十多项全国第一，打造了“中国近代第一城”。

夜飞鹊·参观南通风筝博物馆

濠河映宫绿，鸢鹞筝齐。文蕴厚重牵思。欣温影视品歌曲，吟评千古筝诗。风筝集中外，羡多姿多彩，斗艳争奇。南通板鹞，领风骚、曲奏心驰。　　清脆婉谐浑厚，听任驭风婆，将调随移。舒袖嫦娥翩舞，天人合一，形放神迷。健身益智，架虹桥、四海相知。漾高空仙曲，招鸾引凤，彩梦如霓。

满庭芳·参观南通蓝印花布艺术馆

建馆濠东，青花蓝艺，客临频送幽芳。自然纯朴，清雅洗心房。蓝布衣装饰品，山花奖、入室登堂。摩登女，竞相仿着，土极反成洋。

煌煌，惊内外，传媒数十，纷访宣扬。看欧美东瀛，争饰如狂。土艺登峰造极，蓝色梦、飘逸高苍。仙姝羡，换妆献舞，蓝袖胜霓裳。

高阳台·参观南通城市博物馆

两馆三场，浑然大气，濠阳辉映波光。紧步追寻，展厅穿越江乡。青墩厅里寻文脉，越千年，近代先昌。震诗肠、第一通城，历久弥彰。　　凭高俯瞰宏图展，讶声光演示，开放明窗。涌动春潮，江风海韵情昂。大桥大港新通大，造都心，虎步龙骧。奏华章、魅力南通，更展辉煌。

注："大桥、大港、大学"大手笔构建通城未来发展新亮点；"新城中心、商务中心、体育中心"高起点打造大南通新都心。

高阳台·参观张謇纪念馆

小筑濠阳，张公晚憩，踏鳌昔卷风云。改革先驱，引资开放求新。振兴实业医贫弱，创新庠，救国图存。崛南通、倾动东南，波及昆仑。　　油然敬意瞻遗像，慕先鞭逾十，妙手生春。现代雏形，一城三镇如瞰。幽篁滴翠苍松劲，白茶花、早放清芬。继先贤、第一通城，誉满乾坤。

锦堂春慢·梅庵书苑

临水濠东，皑墙黛瓦，篁轩松屋梅亭。品茗听琴观画，对弈谈经。恍若一帘幽梦，几缕缥缈诗情。远器怡雅士，创社传琴，遗韵荪馨。　　忆张仃尤无曲，竹松同泼墨，傲骨铮铮。观建中超凡画，俗脱心清。复社操琴授艺，赏雪景、相聚交觥。过往名流总醉，萦梦牵魂，静海明睛。

注：梅庵琴社为古琴大师徐立荪所创。

张仃、尤无曲和朱建中均为大画家。

诗人车前子曾住此苑，他说："要说城市有五官的话，梅庵书苑就是南通的眼睛，不，是眼神——雅致，高贵，迷人，牵魂。"静海为南通别称。

忆余杭·参观中国珠算博物馆

珠博濠边，算具琳琅陈古籍，三千载算史钩沉，算法百家深。

蔚然兴起珠心算，脑里算盘也堪赞。史存施教供观研，国宝得承传。

忆余杭·参观中国审计博物馆

审博濠边，展示三千年故事，图文并茂典同呈，塑像栩如生。理清经脉明沿革，普及有关审知识。亮今朝审计强音，反腐历堪钦。

水调歌头·秋夜濠河泛舟

项链月宫坠，翡翠绕城周。楼台亭榭花苑，金桂送清幽。万道霓虹曳彩，千眼喷泉溅玉，画舫荡悠悠。城在水中坐，人在画中游。

光迷眼，心沉醉，水声柔。恍临仙境，神驰形放敞歌喉。岸壁浮雕栩栩，张謇先贤启示，“第一”永追求。仰望云和月，豪兴向天讴。

高阳台·游南通滨江公园

东傍狼山，西偎大港，临江南接空蒙。幻幻真真，人工造化交融。雾喷广场人迷路，叠水观、似海姿容。塔高攀，眺海观江，云没千艟。　　歌扬剧院喷泉唱，恍涛声相和，天韵仙钟。书苑茶楼，花馨竹树荫浓。芦苇湿地栖鸥鹭，造沙滩、童戏其中。驾飞舟，亲吻长江，一洗心胸。

望海潮·南通跨进桥港新时代

——苏通大桥通车放歌

浪高风疾，江宽沙厚，建桥巧匠情昂。自主创新，攻坚茹苦，彩虹飞架长江。创举世无双。听欢庆锣响，奏凯歌扬。畅达天涯，大洋西岸骋长廊。　　港桥时代新章。望大桥壮伟，群港雄强。连接沪通，承申辐射，角洲北翼明窗。苏北领新航。看越江跨海，鸾舞龙翔。展望南通胜景，“三创”铸辉煌。

汉宫春·游南通园博园

园傍长江，借天工人力，亲偎三山。映山湖阔，水天云绕山峦。银桥廿四，贯楼亭、碧水潺湲。园博览、江苏各市，丰姿秀异争妍。

欲步伸江龙爪，看惊涛拍岸，山塔支天。欣瞻啬公故阁，灯塔依然。琪花烂漫，乐陶陶、儿少青年。翁伴妪、乘车畅览，飘飘恍入仙班。

注：三山，指狼山、马鞍山和黄泥山。

啬公，即张謇，为中国近代著名实业家和教育家。

说明：此词牌，各家句读多有出入，兹依辛弃疾《汉宫春·立春日》。

彩云归·观南通狼山首届牡丹节

春游山麓牡丹园，灿如霞、根若琅玕。娇艳倾国，洛神诚似，曹子建、所恋仙媛。白如霜、嫣红姹紫，正争奇斗妍。人接踵、首逢佳节，万众争前。　　悠然。欣观演出，《牡丹亭》、扣动心弦。梦缘杜柳，花下亡女，三载魂还。有情人、终成眷属，浪漫精彩开颜。牵情苑，情侣双双，蹀躞花间。

注：杜柳，指《牡丹亭》中的杜丽娘和柳梦梅。

菩萨蛮·啬园环溪观鱼

环溪万木参天耸，廊桥伫立鲢惊梦。鸟语送花香，伴游鱼乐廊。　　锦鳞源热带，柱壁迷奇彩。珍赏享清幽，盼林勾日留。

眼儿媚·啬园“万圣南瓜节”

啬园“万圣”异西方，游客庆秋穰。南瓜四万，造型精彩，献瑞呈祥。　　南瓜粥饼和烧烤，童妪喜同尝。尽情嬉戏，开怀观赏，其乐洋洋。

望海潮·南通市通州南山湖放歌

明湖波渺，花园香艳，风光旖旎清嘉。连过靓桥，时穿翠柳，沿湖漫步驱车。幽境练瑜伽。广场众翩舞，挥扇旋纱。水上歌台，老夫喉痒学歌娃。　　鱼翻藻鉴云槎。望喷泉耀日，寺塔流霞。瑶草画廊，琼亭绮阁，如临阆苑无差。垂钓静思遐。市井将拓展，亲抱神葩。来日楼环岸畔，宜住胜仙家。

望海潮·春游南通文峰公园

濠河之畔，文峰塔下，山灵水秀花繁。亭苑雅深，湖洲浩阔，广林蓊郁遮天。游艇荡悠然。暗香绕梅阁，犹动心澜。堤绿如茵，画桥高架两汪连。　　游人攘攘相牵。看珍奇兽苑，欢乐童园。垂柳拂波，樱花绽蕾，游鱼戏泛清涟。幽竹映华轩。小憩枫林晚，吟赏霞烟。归梦瑶台美景，难以辨凡仙。

望海潮·通州江华纺织有限公司

一流装备，优良管理，创新胡总亲抓。人本客天，专需订纺，愿偿万户同夸。主产特殊纱。竹节细腰舞，段彩如霞。闪烁荧光，彩纱结子耀光华。　　雪花纱靓尤佳。受韩商信托，开此奇葩。新品创研,名牌打造,远销澳美欧涯。通纺领头车。“三角”居前列,帆挂云槎。凝聚员工智慧,揽月九天遐。

注:胡总,指该公司胡小龙总经理。

该公司竹节纱产量和品质均列“长三角”前茅。

望海潮·南通家纺城

琳琅迷眼,陆离醉魄,熙熙攘攘繁华。商贾五千,年成百亿,棉丝料品纤麻。提绣印喷花。帝娥散花絮,璀璨云霞。打造名牌,远销百国到天涯。　　版权管理尤佳。获全球金奖,年万新葩。中国会交,寰球博览,展参四十多家。一日跑千车。研产商日上,帆挂云槎。示范新型市场,赢得亿民夸。

注:南通家纺城被联合国知识产权组织定为“版权管理优秀示范点”,并授予“版权创意金奖单位”称号,每年开发新花型三万余款。国家连续四年举办“中国南通家纺城画稿交易会”。

念奴娇·中华水龙王江山集团赞

海门江尾,看水龙曼舞,“江山”奇崛。创业艰辛勤砥砺,水带频翻新页。科技先行,名牌造就,炙手神州热。争雄世界,九天擒揽星月。　　捉鳖搏击狂涛,商道酬信,订单纷如雪。飞起水龙千百万,赢得环球钦悦。欧美东瀛,五洲四海,叫响“江山”彻。瑞云缭绕,水龙昂首飞越。

注:江山集团水带生产能力、品种规格和出口创汇,居全国之首,国内市场三分天下有其二;她冲出神州,飞向世界,成了誉满中外的“中华水龙王”。

浪淘沙·赞南通升辉建材科技公司

创业十年艰,企业前沿。重机百种质高端。科技创新型转快,环保优先。　　诚信广交缘,饮誉瀛寰。来年上市产翻番。旭日升辉商海闯,高挂云帆。

西河·海安大交通巡礼

形胜地,交通枢纽巡礼。四条国省道交叉,远伸八臂。纵横铁路脉通遥,两条高速添翅。　　运河两,疏改启,巨轮万吨轻驶。通江达海大流通,海陵崛起。各行兴旺话丰饶,群楼高入云际。

公路建管省范例。惬奔驰、神爽如洗。绿绽万红千紫,见排排农墅相迎惊喜,南企北移争来此。

临江仙·游启东“恒大海上威尼斯”

恒大新城濒黄海,欧洲风景楼盘。意英法瑞奥巡观。意楼浪漫,英厦显庄严。　　法式墅楼多典雅,塑雕清丽幽娴。桥连河网水潺湲。绮楼浮水,海上逛仙山。

画堂春·再游启东“海上威尼斯”

英庄法雅意流霞，欧风楼厦光华。桥连河网景清嘉，水上人家。　远视金沙黄海，近观“蓝海”银沙。巧妆“椰树”似琼崖，浮想飞槎。

巫山一段云·海安白甸镇西泊泛舟

弥望青油菜，惊芦白鹭翩。荡胸纵目水天宽，墨鸭捕鱼欢。　快意嚣脱，回归大自然。逸情野趣水乡甜，笑语漾游船。

浪淘沙·游海安蓉和怡心园

入目总怡然，古雅新轩。葡萄百亩绿云妍。果树林中鸡鸭闹，花絮荫阡。　桥跨小青川，垂钓悠闲。网球场上笑声欢。庄酿干红荤素佐，世外桃源。

浪淘沙·观海安书画一条街

师法总名家，各展才华。雄强俊逸走龙蛇。古韵新风随鉴赏，醉染流霞。　岭树绽奇葩，飞上云槎。呕心砥砺志堪夸。四海交流书画展，誉满天涯。

行香子·酷暑赴港闸区新华社区采风

广厦成林，绿草如茵。鸟鸣乐、花木扬芬。诵诗演艺，洗耳清心。品京腔亮，越腔婉，吟腔醇。　干群互敬，邻里相亲。助残弱、四季如春。我心感佩，暑润甘霖。喜党风正，民风朴，艺风新。

万年欢·贺东方中学被命名市校园诗教基地

质胜群芳，仰和融立校，特色增光。诗教先行，“江韵诗社”名扬。亭阁湖光倒影，斗娇妍、花苑诗廊。纷争艳、班辟诗园，校刊瑰丽诗窗。　吟诗创作常赛，乐国魂陶冶，诗海徜徉。记者诗人年少，试访他邦。区市“濠滨夏夜”，靓文艺、炫目华章。诗牌揭、急管繁弦，再创辉煌。

临江仙·省诗教先进单位白蒲小学礼赞

帘动水惊风起，蔷薇架溢诗香。诗园诗壁伴诗廊。诗吟莺婉转，诗演蝶低昂。　延请名家播种，园丁汗水滋秧。蒲塘诗韵育群芳。百年蒲小靓，锐意创辉煌。

燕春台·访海门市平山小学

走进平山,诗迷人醉,赏心诗苑徜徉。诗意栖居,诗刊诗课诗墙。诗花绚烂情昂。"好玩儿"、诗社盈香。名家播种,园丁培育,诗教名扬。　　童心浪漫,灵动纯真,德修智启,诗国灵光。神州誉满,乘诗翅膀飞翔。会展童诗,引港台、来探明窗。种丹阳。诗意人生亮,收获辉煌。

风入松·贺南通大学百年华诞

先贤张謇创名黉,薪火百年熊。祈通中外求精进,敬承训、综大腾龙。学院学科齐备,硕师博导颇丰。　　科研教学奏殊功,嘉誉海江隆。李桃绚烂如霞绮,国魂砺、寰宇巡瞳。椽笔宏图描绘,励精再展雄风。

注:通大博士、硕士生导师600多人。通大广泛开展国际交流与合作,培养具有"中国灵魂,世界眼光"的社会主义建设者和接班人。

望海潮·通师放歌

智民兴国,犁天播雨,风云首创师庠。扶弱治愚,医贫救国,张公造福江乡。多挫益坚强。杏坛历风雨,笑对沧桑。百载薪传,一流争创启新航。　　培师业绩辉煌。为中华示范,国际明窗。楼阁似林,亭园胜画,荷塘散逸清香。桃李尽芬芳。高足星难数,治国安邦。励志高歌奋进,霞绮灿淮江。

望海潮·南通放歌(新声韵)

滨江临海,濠河流碧,榭亭花苑葱茏。城座水中,新区万幢,夜倾万道霓虹。月洗五芙蓉,日辉三宝塔,秀甲江东。江贯东西,北南海港纳千艟。　　飞驰银翼钢龙。接轨承上海,虹架苏通。同创"五城",提升品位,坛论城带繁荣。近代领先隆,恢宏先贤志,大展鲲鹏。港洽环球客到,崛起誓争雄。

第四辑　咏物寄意

雏燕

嗷嗷待哺怀如谷，羽翼将丰望九天。
掠影惊涛穿碎玉，搏风湛昊剪霞烟。

草（三首）

旷野山崖小路旁，扎根瘠土不芬芳。
舞风听雨没人赏，无欲悠悠云卷张。

野火春风焦复生，李桃开过草青青。
看来柔弱尤坚韧，咬定不移如铆钉。

破石而生将印留，不邀天宠劲方遒。
唯求地气根深扎，貌似平庸实一流。

信和信封

拆信将封随手丢，信狂自傲把封羞。
若违相互依存理，废纸两堆无处投。

水和冰

寒宵缸水变坚冰，冷傲争强终裂崩。
日出消融蒸始悔，何如温婉水宽膺。

蜘蛛

抽丝看风向，附势搭高竿。
织好一张网，飨丰无犯难。

指南针

东西再好不为迷，定力有恒无转移。
雾海指航穿越速，光风霁月赤心怡。

雪松

顶天屹立啸寒空，伞绣梨花铁干雄。
作炭枯枝捐剩热，护苗落叶亮高风。

虾

向前游怨慢，欲速倒行施。
贪食迷钻网，煎红悔已迟。

天平

天职司公允，该当守法规。
何边给丰厚，肆意就偏谁。

葡萄

满目琳琅轻着霜，酸甜味道各人尝。
原来感觉毋单靠，久食延年碱性强。

锯子

利齿钢牙多揽活，张家木短李家长。
孜孜离间勤分析，弄去搬来和睦伤。

黄山奇松（四首）

迎客松

翠盖擎天满面春，沧桑阅尽挚情殷。
霞餐笑迓五洲客，峰会轻梳四海云。

聚音松

奇松能聚昔韶音，习习风来启古琴。
伸屈抑扬枝遂意，空停鸾鸟兽归心。

探海松

天都赴宴一仙翁，赏景危崖醉化松。
探下苍枝捞海月，守珠蟹将护骊龙。

蒲团松

横披铁干出烦嚣，盖似蒲团半亩超。
疑是浮丘趺坐处，我心跃上卧吹箫。

注：传说浮丘得道成仙。趺坐，打坐。

动物们的财产公示（五首）

劳燕

家居环外小高层，为屋辛劳攒一生。
怎比群房叔和姐，何如硕鼠夜财增。

硕鼠

人人喊打日心寒，夜出忙财图苟安。
几处贪猫当警长，奉财孝敬永难完。

贪猫

吃黑风声传外界，我行得罪一方神。
诸君莫把谣言信，监督刁熊须顶真。

刁熊

酒宴公支为应酬，一天几局未揩油。
体肥多病陪难受，公示钱财虎带头。

恶虎

都言熊笨可真刁,幸好本王防一招。
我腚光溜没粘屎,有谁不信摸来瞧。

栀子花

经冬犹绿叶,入夏夜花开。
明月亲冰魄,清风抚雪腮。
村姑兜雅去,市妹买香来。
疑似瑶池逸,吟哦我骋怀。

石榴

独秉灵根喜暑阳,清新不媚挺枝昂。
丹葩似火蕊明艳,青果如瓶花浅妆。
忍俊微张唇齿晶,含羞半掩宝珠光。
华年将逝无何叹,子实充盈尤耐霜。

菖蒲

亭亭灵异草，飘逸远尘喧。
亲水安恬淡，凌霜耐苦寒。
心幽如野菊，香雅赛庭兰。
伴我诗书案，清孤相慰宽

莲颂

凛凛高标本谪仙，冰魂月魄叶田田。
茎肥有节玉根劲，梗直无歧花朵妍。
脱俗离污持磊落，迎霜沾露舞翩跹。
藕莲沾齿脾香沁，只把清芬留世间。

牵牛花

阔叶如心脏，忠情总自夸。
墙头摇索蔓，叶腋长钟葩。
俯首哈腰杆，张唇奏喇叭。
雾浓娇欲滴，日烈便凋花。

太阳花

房前屋左满生芽，夏日炎炎蕾绽花。
灿若蜀川编地锦，艳如建邺织天霞。
不嫌贫瘠心堪敬，酷爱光明志可嘉。
晨放新葩昏闭谢，美呈人世乐无涯。

注：南京古称建邺，盛产云锦，因图纹美如彩云而得名。云锦和蜀锦、宋锦并称中国三大名锦。

紫薇

名如星斗梦悠悠，艳紫娇红夏到秋。
老干无肤能感悟，芳心有寄尚含羞。
抱垣守旧难为伍，辟径布新欣作俦。
致远甘当行道树，染霞披锦靓神州。

注：紫薇老干无皮，轻轻挠之，枝叶颤动，若有所悟，宛如含羞。

月季花

花落花开一阵风，群芳斗艳去匆匆。
天光独擅时时绿，雨露常沾月月红。

春晓金辉滋丽质，秋宵玉液润娇容。
人间学此心常热，大爱无痕化育功。

霜菊伴月开

宿根重发苞趋小，插菊花繁伴月开。
远古唯黄单色变，近今千紫万红来。
婵娟霜里流馨韵，高士东篱骋雅怀。
为勉更新从不息，蟾宫仙子把云裁。

咏菊

花开不亚春天绚，香吐犹添秋日娴。
气定神闲如雅士，眉描目媚似婵娟。
裁云散绮为仙子，养性修身作世贤。
做枕清心梦飘逸，饮英寡欲韵悠然。

薄荷

薄荷万顷绿天涯，田野楼台皆可家。
萃取苍旻青卵叶，览收霞绮紫轮花。
为蔬入药当香茗，疗疾怡神驱秽邪。

茎正棱方如雅士，鼻烟壶惬醉云槎。

咏砖

原是土坯胎，今成百丈台。
抬头凌日月，俯首藐尘埃。
有愿离乡去，无心返国来。
洋楼鸣得意，忘本岂良材。

醉我月季园（古风）

我家月季园，盆栽二十三。
一年春常占，春去不相关。
叶绿比春草，花艳赛牡丹。
白鹤花亮翅，绿云笼鬓鬟。
复色红双喜，间黄袅香烟。
有花擅变色，黄渐红紫蓝。
珍品蓝月亮，嫦娥莅更妍。
极品流星雨，思飞向宇寰。
莺雀穿枝底，蜜蜂采花间。
护花驱蝴蝶，新枝让露天。
入夜开灯赏，就寝梦魂牵。
徜徉花园里，不识是凡仙。

望梅花·雪寒妆就

雪寒妆就。万木谢时君秀。园闭隔篱凝目望,雅态妍姿清瘦。冰骨玉肌金蕊灿,冷艳奇芳袭袖。　　倚篁良久。举步频频回首。脑海素花萦倩影,荡涤几多积垢。婉丽谁家“三弄”笛?旧友新楼温酒。

注:“三弄”,指《梅花三弄》乐曲。此句意为,是谁家传来《梅花三弄》这婉丽的笛声?

浣溪沙·咏四季杜鹃花

晔晔煌煌花欲燃,宛如西子亮娇妍,四时妩媚黛眉弯。　　莞尔香浮驱浊气,怦然心动泛酡颜,朝吟暮护梦犹牵。

清平乐·白荷

青衫白珮,飘逸河塘醉。不羡霓裳心镜洗,素雅纯香盈袂。　　风摇倩影翩跹,身抛琼液微澜。疑似瑶池曾住,冰清玉洁仙媛。

沁园春·长城颂

万里神龙,越岭摩天,势若上腾。望鳞身莽莽,雉墙矗立;爪牙利利,关隘峥嵘。长夜悠悠,伤痕累累,抗敌英儿发吼声。红旗舞,看铜墙铁壁,血肉凝成。 心中筑起长城,爱祖国、拳拳信念贞。赞图强励志,中华脊柱;创新锐意,民族精英。火炬熊熊,相传代代,光耀神州似日恒。兴华夏,展雄风万世,红日高擎。

第五辑　抒情杂咏

无题

河水清清无影留，心胸若镜涤闲愁。
花开花落不经意，云卷云舒天地悠。

自乐

摇头晃脑捻吟髭，刮肚搜肠蚕吐丝。
唯恐庸诗积成叠，常将旧作换新词。

诗海索骊

思连千古接星辰，求醉蟾宫诗酒醇。
蹈海为鱼身不惜，龙廷后苑索骊珍。

白描诗法

有态无心云出岫，风行水上自成文。
天然真切毋雕饰，勾勒传神素淡芬。

五岁孙无陪乘飞机返深圳

小孙练胆独回家，遥问阿妈可信娃。
爷嘱临飞手机挂，心随银翼到天涯。

迎新春（三首）

通州广电局赠“年货”下乡

年货包包透墨香，农家书屋挤檐廊。
小囡鸭步娇声问，叔叔阿姨争啥糖？

刘桥镇两工地赛建房

搁置连年冬建房，送糕怎比动工强？
搅机吊臂欢歌舞，争抢商机较短长。

注：刘桥镇政府连年送年糕、馒头安抚拆迁户。

迎春忙

东邻管电检修线，西舍运输头冒烟。

拙荆操心办年货,老夫应诺撰春联。

昔日二生今赞(二首)

陈云博导

发轫云程尚少年,青春博导着先鞭。
蟾宫玉手频折桂,科教兴邦擎丽天。

注:陈云,女,上海财大教授、博士生导师、信息化办公室主任,获上海科技进步一等奖、全国科技进步二等奖,上海教育系统“三八红旗手”,国家“八六三计划”先进工作者。

王志明博后

高薪岂惑赤诚怀,博后毅然回国来。
教学科研显奇手,天开异想创新才。

注:王志明,曾在欧洲共同体某实验室工作,获博士后学位回国,先后任无锡科技园高级研究员和南京理工大学教授,获多项科研成果奖。

如水人生咏(三首)

心态平和如水淡,甘滋万物绝无争。

不存奢望何失望，摆脱锁缰潇洒生。

正直为人似水明，晶莹澄澈见真情。
尊卑贫富无偏润，激浊扬清缘自清。

笑对人生如水韧，身逢困境不心惊。
衰枯曲折寻常事，终向汪洋浩荡行。

如球父母吟（三首）

正值壮年收入优，儿争女夺似篮球。
操劳过度心无怨，侍候子孙当老牛。

年老力衰生计愁，儿推女挡似排球。
连连封网频频扣，出手匆匆不滞留。

蹒跚年迈病难瘳，女踢儿拦似足球。
脚射对门头狠顶，逼其出界始无忧。

势当两立

认知毒草出良方，对手可将师傅当。
单势独尊难进展，并行不悖砺双强。

加拿大网友发“万圣节”照

化妆万众大游行，青面獠牙令我惊。
尽管他邦风俗异，也求趋鬼保安平。

痛悼姐夫文斌仙逝

廿年护姐病床前，惊悉追魂热泪潸。
育李栽桃兴禹甸，为人仗义薄云天。

悼诗友陶海泉先生

惊闻港北殒诗星，《岁月心声》存性灵。
痛悼仙翁哀叹久，清辞雅句永流馨。

悼顾达学友

知达沉疴曾慰安，惊闻噩耗泪潸然。
通中留影君强健，雨打梨花濠水寒。

悼李丰茵兼慰徐老晋旺诗友

墨韵双辉赠宝瑰，裁梅仙子恸升飞。
尘缘八秩真难了，常望夫康喜泪挥。

痛悼长子

白头儿澍殒，五内痛何堪！
卑位哀荣盛，为人善厚谦。

注：2017 年 11 月 7 日，吾长子澍不幸病故，年方 48 周岁。机关、学校、医院和个人献花篮二百余，领导同事十人相继为其守夜。

正月初五迎财神

炮鞭夜半炸惊闻，鼎沸烟花闹至晨。
纵使悯人香火拜，神临亿户怎分身？

通西督导组为我设寿筵感赋

初度古稀焉足奇，敢劳邀宴我和妻。

如君祝愿期颐寿，老骥仰天嘶晚霓。

题乘飞机照

凌空万仞渺山川，飞越千城指顾间。
俯瞰浮云多变幻，神思直上九重天。

刘中部分校友与老师重聚有斐宾馆

星布濠河柳线牵，推窗有斐月荷妍。
昔时酿就清醇酒，相酌殷殷年复年。

情系玉树地震灾区

祸临玉树九州惊，挂肚牵肠魂梦萦。
全力救援千县急，倾囊捐助亿心凝。
暖流诠释人间爱，乳汁连通民族情。
众手擎天不言弃，抗灾重建稳操赢。

郑和首航西洋日定为“航海日”

舰船两百驶他邦，友好交流誉远扬。
踏遍惊涛成壮举，航开新纪铸辉煌。
热心向海常兴盛，冷漠闭关多败亡。
节日今颁长策励，和平发展下汪洋。

庆祝南通诗协三十华诞

江风海韵润吟笺，梦笔如椽书碧天。
豪气飞虹歌盛世，深情化蝶舞霞烟。
黉宫绿苑千花放，乡市蓝空万鸟翩。
诗教繁弦融大吕，新雏老凤奋无前。

贺《大江南北》创刊三十周年

革故鼎新跟党奔，盛时帮带老区村。
论坛发聩瞻前景，史海钩沉砺后昆。
艺苑花繁扬绮絮，绿洲苗壮固基根。
春风播雨江南北，卅载耕耘铸国魂。

贺丁芒老受聘诗词研究院顾问

国府高瞻新建院，大师受聘众欣钦。
清吟绝妙惊中外，诗论精深旷古今。
凝聚人才凭纽带，繁荣阆苑仰春霖。
研评引领开窗口，昌盛骚坛传福音。

贺陈老祖坌先生杖朝寿

力推江海涌诗潮，德艺双馨云岫高。
执耳骚坛甘茹苦，主编吟草愿劬劳。
调琴理瑟仙音缈，吐哺滋苗雅意豪。
寿庆宏篇将付梓，奇词共赏奏箫韶。

步韵谢洪宝志先生贺寿

廿载相交肝胆照，谢君贺勉拓胸襟。
才思敏捷余常羡，德艺勤修造诣深。
事物描摹含哲理，风光吟咏发清音。
扬帆心海文拔萃，折桂蟾宫诗夺金。

步韵呈顾若星先生兼贺杖朝寿

江海吟坛负盛名，敲诗编刊总牵情。
千年思接讴时赋，万里视通歌国行。
倚马挥毫成力作，卧松伴鹤乐遐龄。
相交廿载淡如水，清雅似君康乃馨。

用韵酬谢吴广才先生兼贺杖朝寿

铺笺酬谢觉淹迟，期待才君寿庆时。
奔放诙谐精赋曲，清新隽永擅词诗。
榴村执教钦新友，石渚歌吟敬故知。
吐哺渔湾育雏凤，青山编辑捻吟髭。

读《丁芒诗词教学点评》

和煦春风漾柳丝，凝眸掩卷起遐思。
陈词撇去语鲜活，赘蕾剥除花艳奇。
心笼苍天意驱象，神游碧海动行诗。
功夫勇气若兼备，进出自如诚可期。

拜读王美春《诗文沧海探骊珠》

博览群书勤积累，眼高身正论评虔。
诗文原理深分剖，作品形神细析研。
熔古铸今能贯透，引经据典不空玄。
骋怀豁目情游乐，得意会心多忘言。

注：王美春，全国著名文学评论家、诗人，中国作家协会会员，文学创作一级（正高）职称，著作甚丰，影响较大。

读《若星吟薮》

五秩呕心文笔捷，挥毫倚马取佳词。
千年思接讴时赋，万里视通歌国诗。
隽永幽悠若渊薮，清新雅丽似霞曦。
风行水上月光泻，颔首低吟心共驰。

拜读顾老《若星吟薮》（续集）

堪赏星翁诗续集，可钦耄耋笔耕勤。
纵歌盛世声雄壮，挥写山河情厚殷。
妙构奇思精唱和，锦心绣口巧回文。

薪添九草编逾百，汗湿青山向晚云。

注："九草"指《九圩港诗草》。"青山"双关，既指《青山诗词》，又指青山，意为：顾老汗湿《青山诗词》，犹如向晚的云雾润湿了青山一般。也可他解。

纵情歌刘中

楼群锦簇绿黉宫，硕果琳琅馥味浓。
五顶桂冠连获得，三星荣耀即跟踪。
恩师吐哺扬清誉，学子拿云逼浩穹。
九万里风鹏正举，教科兴校气如虹。

石港中学"三庆"诗会咏

三星光泻昊河银，五秩香飘桂月轮。
鸾凤传雏亮清韵，诗廊化雨润芳春。
楚天裁绮荷尖露，江海扬波蛟角伸。
阆苑泮池文蕴厚，英才迭出赛繁辰。

注：石中获江苏省校园诗教先进单位称号，与"五秩""三星"同庆。

赞通州区植保土肥站党支部

结对站村科助农，党员联户挚情融。

垄头频测增肥效，田里勤钻治病虫。
守护庄稼常弃假，把持关键总亲躬。
增收致富千乡乐，国省彰扬美誉隆。

屈原颂（新声韵）

是非颠倒忠遭谤，君聩臣奸致楚沦。
散髻行吟缘汨悴，怀沙汨赋抱石沉。
饲鱼抛粽毋吞体，顿脚捶胸欲替身。
三咏离骚心火炼，飞虹碧血淬国魂。

注：爱国主义是气贯长虹的中国魂，以火炼，以血淬，坚不可摧，锐不可当。

赞包拯

包公赤胆千秋炳，观剧今犹热泪噙。
两袖清风昭月魄，一身正气贯曦心。
罔阿权贵刑皇戚，不徇私情铡侄亲。
执法如山辟青昊，爱民似子世人钦。

赞魏征

佞奸误国痛尤深，千载能逢几诤臣？

唐主欣钦得人镜，郑公苦谏逆龙鳞。
岂趋势利弄虚假，不避祸凶求实真。
辅弼贞观成大治，忠言犯上益于民。

注：郑公：魏征受封郑国公。

得人镜：见吴兢《贞观政要·任贤》："以铜为镜，可以正衣冠；以古为镜，可以知兴替；以人为镜，可以明得失。"

送荆妻去深圳次子家留别

南方将出笋，此去越三年。
情愫离时显，霓虹雨后悬。
留诗仍踯躅，嘱语益缠绵。
眷念频相问，天涯若比肩。

注：其时小孙即将降生。"笋"与"孙"谐音双关，且示季节。

刘中八七届高三（三）班重聚

师生宾馆喜重逢，万缕情丝酿百盅。
绛帐熏陶恩义重，同窗切磋友情融。
谊延日久心弥笃，酒到年陈味更浓。
俊彦力襄华夏盛，嘶天老骥仰长虹。

注：绛帐，后汉马融常坐高堂，施绛纱帐，前授生徒，后列女乐。后用绛帐作为师长或讲座的代称。

冬夜寄怀

——致张雪松学友

霜庭观月食，忽恐友疴沉。
静海寒能御，京华冷不禁。
晴明何进补，雪夜可添衾？
祈盼光华复，宽吾悬挂心。

注：静海，南通别称。

进村访耆友

入篱疑寂静，友子整枝鞶。
白发挥毫手，垂髫吮笔唇。
诗书承古韵，园艺唤新春。
松景梅香雅，大棚花卉珍。

春节感赋

丰宴儿孙乐，贤妻日夜忙。
天凉呵手写，心暖赋诗扬。
陋室遮寒雪，斜阳撒煦光。

喧嚣尘世里，淡泊恋书香。

咏春

雨霁斜阳洗丽天，珠光曳翠杏鲜妍。
萼滋红润桃开蕾，枝浸青洇柳拂烟。
紫燕翻飞油菜醉，黄莺软语海棠穿。
画楼竹倚琴清雅，弹落心尘醇咏笺。

乙未新春通州诗会分韵得年字

茶花绽蕾杜鹃妍，小院双孙奏管弦。
万马奔腾辞旧岁，三阳开泰过新年。
操劳佳节唯周密，烹制丰肴恐寡鲜。
拙荆七旬犹舔犊，老夫敲韵展吟笺。

注：适逢冬暖春早，院中茶花和四季杜鹃花竞放争妍。

赋得新春瑞雪飞

新春玉雪舞长空，旷旷皑皑霁野雄。
高压沉沉摧恶竹，寒侵凛凛治馋虫。
拨开月季刚洇绿，抖出海棠初绽红。

素裹银装雾霾扫，微云朗日漾清风。

端午节抒怀

青青芦苇叶香飘，灼灼石榴花色娇。
不插菖蒲趋习俗，但怀屈子涌心潮。
昔抛米粽全遗体，今竞龙舟夺锦标。
当祭先贤国魂励，神州崛起奏箫韶。

秋兴

云淡风轻偶逛田，桂香撩醉菊争妍。
兰舟少妇采菱乐，沟坎老翁捞蟹欢。
金穗垂头棉绽笑，紫萄压架柿暄燃。
兴浓似酒询农事，夏旱秋穰人胜天。

秋兴（八首）

步杜甫《秋兴》（八首）韵

一

院柿摘光瞟近林，儿时家困屋萧森。

充饥豆饼难吞咽，御冷褴衫怕雨阴。
饮尽老蝉桐玉泪，要回幼妹母慈心。
寒衣未备无余布，叹羡声声听暮砧。

二

苦尽甘来旭日斜，分田就业仰京华。
正当年八开蒙课，权作秋千荡月槎。
喜食池菱尝蛋饼，欢吹竹哨伴邻笳。
读书成绩居班首，放学棉田还摘花。

注：新中国成立后，我家分得田地，父从事农业，母从事商业。

三

国家助学沐朝晖，勤奋钻研慎细微。
科技兴邦脾性急，路灯夜读意鸿飞。
荷蔫霜打身心惫，风暴帆悬事愿违。
秋入高庠成病号，方知锻炼减浮肥。

注：我上高中时，常在教室前的路灯下，夜读《粒子回旋加速器》等科技书籍。

四

人生挫折似输棋，摆子重来未馁悲。
数学专修珍正课，中文选读挤暇时。

摘抄典籍手皴裂，吟诵诗词心骛驰。
教语改行非本愿，带徒果硕喜秋思。

注：我曾主持刘桥中学教导处工作多年，兼任高中语文教研组长，指导进行三种类型语文教研试点，开展青蓝帮带活动，带出一批优秀语文教师。他们不断努力，后任南通职大、市教育局、市文联、市教科所和区督导室、区教育局主要领导及完中校长、骨干语文教师，其中三人为特级教师。

五

鼎新革故美江山，秋果红枫云彩间。
西气东输穿万里，南江北调克千关。
飞天察看嫦娥殿，探海巡观龙窟颜。
路网犹如蛛网密，直开拉萨北京班。

六

致富全民有奔头，扶贫精准利千秋。
倡廉反腐国求泰，正气清风民解愁。
高铁动车惊褐雁，丝绸路带起银鸥。
余杭峰会提方案，世界繁荣仰九州。

注：G20 杭州峰会于 2016 年 9 月 4 日召开。余杭为杭州古称。

七

阅兵秋日奏奇功，正义文明帅宇中。

多类战机飞北昊，各型导弹亮东风。
舰船七百推涛白，航母两艘迎旭红。
壁垒森严谁敢犯！剪裁诗草乐村翁。

八

此生道路自逶迤，残菊抱香银月陂。
老骥尚存嘶昊意，萎荷犹挺傲霜枝。
鼓呼时代声虽滞，抒写江山志未移。
落尽繁花无缺憾，石榴籽胀果低垂。

乡镇送奶姑娘

跨上挂筐摩托车，晨趟春草抹秋葭。
穿街走巷行千户，拐角绕塘送百家。
酷暑小虫挠面颊，严寒长辫结霜花。
栉风沐雨茹辛苦，甘奉华年供物华。

修伞老人

穿巷走街无活干，霜秋衣薄怨风凉。
旧蓑昔挂平房壁，敝伞今抛垃圾场。
未得工钱填饿肚，求来开水泡干粮。

人争体面欣华盖，手艺难传神黯伤。

咏通州玉兰眼镜店

于“五月花”诗会作

殊荣联袂至，省市亮清声。
敬业求精湛，经商务信诚。
周祥悦来客，慷慨助贫生。
五月花诗涌，玉兰歌动城。

新春乐

妻制佳肴众口夸，小孙笙婉绽烟花。
理房婆累媳争扫，浴体吾疲儿替擦。
加固铝门粗处改，维修电路细心查。
新春和乐难离舍，欲去鹏城却恋家。

注：2018 年新春，次子一家三口从深圳回通过春节。

白衣天使赞（古风）

小序：2013 年李正泉住上海肿瘤医院诊治肝癌骨转移，后住沪医六院置换右手臂骨，先后两次住南通附院放疗，康复很快。我受友托，代李赋诗，铭谢相关医护团队。

罹患肝癌转骨髓，彻夜难眠痛臂腿。
病入骨髓古绝症，扁鹊再世也叹气。
感同身受解倒悬，一线希望不放弃。
殚精竭虑攻难关，寻根刨底查仔细。
刮骨疗毒古华佗，右臂钢骨今换置。
椎骨坐骨又癌变，辨证缜密放疗治。
医病疗心双管下，慰勉当个钢战士。
精心护理胜亲人，不惮劳烦真情至。
诚能感天康复快，沪通联医创奇迹。
每周爬山四五次，自驾漫游四省市。
恩同再造肺腑铭，喜极而泣谢天使。

更漏子·圆明园罹难 150 周年

祭园魂，肠寸断，梦幻之园典范。抢后火，化焦垣，列强刁恶残。仇可放，痛难忘，拭目尔曹花样。云波诡，谨提防，创新图自强。

注：法国大作家雨果曾惊叹说："如果梦幻有典范的话，那就是圆明园。"

望海潮·贺刘桥小学百年华诞

登瀛初创，浩然重建，风云几历沧桑。扶弱治愚，医贫救国，明绅造福江乡。开放启新航。设施近完备，楼阁轩昂。百载薪传，一流争创谱华章。　　育人业绩辉煌。为江苏实小,市际明窗。阳光育才,创新学习,神州脱颖名扬。桃李尽芬芳。高足星难数,治国安邦。万里鹏风正举,豪气贯朝阳。

望海潮·咏“玉兰”

于“五月花”诗会,咏通州玉兰眼镜公司

生根诚信,艰辛创业,真情铸就精魂。优质价廉,周详服务,追求信誉遐闻。情系学生贫。热心助公益,尊老拥军。济困扶危,志存高远义干云。　　根深叶茂超群。有浓荫百里,枝插霞雯。坚挺叶长,明光绿意,花香独领清淳。真棒玉兰人。省市殊荣迭,扬誉城村。五月花诗浪涌,香气透乾坤。

沁园春·赞王玉兰

信义虔诚,崖瘠花荣,破石扎根。看清纯绽放,温馨奉献;赈灾济困,助学扶贫。巨额钱捐,感恩时代,服务周详惠万民。多年侍,奉宋英人瑞,宛若娘亲。　　玉兰枝插霞雯,有百里浓荫香醉人。赞如诗如画,是歌是酒;名扬江海,誉满城村。蜡叶光明,传承大爱,引领周边百卉芬。诗潮涌,望群葩怒放,灿若星辰。

注:王玉兰为南通市通州区玉兰眼镜店实业有限公司总经理,先后当选首届江苏省“百名诚信之星”、2012 年省优秀志愿者和通州区第三届“十大孝星”。

宋英为“裸捐”百万元的“中国好人”。

满庭芳·赞通州食品药品监督管理

食禁“三无”，药连“两网”，药食先要安全。视如天大，人命负双肩。群治群防伪劣，全方位、正本清源。全天候、严加监管，现场搞调研。　　欢颜。拳重击，清除伪劣，市洁民欢。督优质便宜，执法如山。惠及千家万户，省示范、全国争先。行风正，光风霁月，万众颂尧天。

注：“三无”食品，指无生产日期、保质期和厂名的食品。药品“两网”指药品监督网和供应网。

满庭芳·赞南通市二院普、脑外科主任吴坚

余脑外伤，经君救治，二旬康复，深表谢忱。

济世悬壶，扶伤救死，市省媒体传扬。慕名求治，康复速无双。危重疑难杂症，不推托、身挺肩扛。多伤号，宵衣旰食，一日到头忙。

常常，如眷属，温馨服务，解答周详。总刻苦钻研，技胜同行。屡获记功奖励，口碑好、业绩辉煌。廉如水，杏林灿烂，清誉满城乡。

西江月·长子中山医院换肝
——致谢樊、周和杨欣荣专家及团队

奄奄苦撑危体，殷殷焦盼肝源。红包拒纳寝难安，惊喜成功肝换。　　医护用心疗理，樊周入室询观。胸怀博爱继中山，德技双馨堪赞。

注：樊周，指上海中山医院樊嘉院长和周俭副院长，皆肝移植国手。

巫山一段云·赞白甸草莓生产合作社袁兵

学技东瀛去，回乡种草莓。乡亲致富得扶持，传艺顷余培。
绿云红霞灿，扶桑果种奇。香甜爽口沁心脾，远客怕来迟。

画堂春（二首）

邮局秦卫红局长中秋慰问

迢迢云路月难圆，盼回儿女承欢。非亲慰问鬓霜繁，倍润心田。
捧礼殷殷致意，创优服务征言。爱心邮路淌清泉，银泻遥天。

投递员刘进言邮路献爱心

客邮喜结忘年交，争搬怕我伤腰。再三嘱我莫登高，替擦空调。数十花盆常动，回回代我操劳。嘘寒问暖胜儿曹，义薄云霄。

风入松·南通大学六二届数科（二）班师生重聚

别离五秩聚相欢，难副旧时颜。粉尘早染秋霜鬓，传薪火、红烛将阑。桃李芳菲霖润，江淮烂漫霞翩。　　一壶浊酒话当年，陈酿品酸甜。系心母校观新貌，续交往、情谊弥坚。已绘河山清丽，再吟夕照尧天。

望海潮·通中六零届高三（二）班校友回母校

枫红楸绿，鸿飞五秩，联翩喜聚情昂。同学谊深，恩师义重，梦回挂肚牵肠。寻觅小荷塘。仰观黄金树，回味悠长。学子拿云，百年挥洒赋诗章。　　群楼曲院长廊。造诚恒雅志，智慧琼浆。桃李馥馨，星河灿烂，经天纬地才扬。技艺耀城邦。碧血传楸韵，无限风光。展望通中愿景，名校更辉煌。

注：本词依次隐括通中校友《院士录》《群星谱》和《英烈传》三本书书名正题之意。

风入松·通中六零届高三（二）重聚母校致学友

别离五秩喜相逢，惊忆旧时容。青丝白发难相副，朝霞隐、夕照红枫。绛帐熏陶恩重，同窗切磋情融。　　情丝万缕酿千盅，陈酒味尤浓。天南地北归鸿雁，续音讯、情系通中。青壮同兴华夏，老来骥仰霓虹。

意难忘·刘中八零届高二(三)班重聚

喜聚南通，把情丝酿酒，万缕千盅。杏坛恩义重，学子友情融。高考复、志盈胸。挽旷日勤攻。半旬聚、暑期辅导，不取文铜。
干粮水泡饥充。耐天磨地炼，各业争雄。旧情心更笃，陈酒味尤浓。千万语、入壶中。恰酒锐谈锋。便相勉、共兴华夏，气贯长虹。

注：暑假中，该班任课老师自发约学生逢五、逢十回校，订正作业，指导复习，不收分文。暑假中，班主任到校外充开水，给路远学生泡自带的干粮，当午餐。

雪梅香·刘桥板鹞

历千载，刘桥板鹞显珍稀。扎金丝坚竹，七星十九星姿。哨口葫芦竹蚕茧，巨微浑脆唱声奇。绘花鸟，故事前人，心醉神驰。

春菲，镇筝节，广聚宾朋，炫彩争辉。直上云霄，驭风奏曲人迷。益智健身广交友，引鸾招凤跨虹霓。儿童乐，学做风筝，彩梦翩飞。

采桑子·风筝节放歌

桃红柳绿东风舞，板鹞嗡嗡，响彻蓝空，广集宾朋兴更浓。放飞希望牵云彩，架起长虹，纵目苍穹，引凤呼鸾昂首翀。

注：翀（音“冲”），鸟向上直飞。

采桑子·缅怀卢心竹先贤

红薇馆主多遗泽，诗画殊优。绝唱传流，结社吟哦岁月稠。　心仪翠竹情高雅，沥血何求？滋润吾州，郁郁文林劲节遒。

采桑子·谒南通太平寺文定方丈

千年改建如皇庙，气势恢宏。方丈亲迎，弘法谈诗梵雨生。　情怡翰墨丹青逸，俗脱心清。贝叶帆轻，暮鼓晨钟颂太平。

巫山一段云·听南山寺耀来法师讲经

古寺迁重建，丛林接翠微。九层宝塔绕霞霓，楼殿势弘恢。　　法雨天花坠，九龙破壁飞。心灵净化悟禅归，花献手余菲。

注：该寺建有通州塔和九龙壁，楼殿十六处，为明清风格的丛林式寺院。

满庭芳·元宵

柳树生芽，茶花鼓蕾，碧空银月清圆。万人空巷，蜂拥闹街玩。灯海神迷目醉，烟花爆、万斛珠妍。灯谜巧，竞猜逗乐，观剧趣无边。

煊煊，春意盎，龙腾虎跃，共乐尧天。看川北新城，歌舞翩跹。两岸亲朋喜聚，同心结、百族骈阗。嫦娥羡，思乡辞阙，飘舞到人间。

临江仙·元宵

花木初芽春料峭，偕妻乐逛通城。神迷目醉赏花灯。繁华胜昔，满载赶回程。　　假满儿孙留不住，元宵重聚荧屏。稚孙显摆学吹笙。空巢二老，网上享亲情。

清平乐·元宵

依依南柳，假满儿孙走。夫妇偕游风景秀，一路精神抖擞。　狼山灯海徜徉，登高激赏长江。归看银屏晚会，九州喜气洋洋。

生查子·元宵晚会

春萌火树开，撼落星如雨。集锦靓千姿，炫彩弦歌舞。　五方共一台，欢乐传寰宇。尽兴享温馨，追梦神州路。

临江仙·端午节

门插艾蒲尝盛宴，酒浆芦粽香甜。忽闻苇哨唤童年。妹兄八个，豆饼昔曾餐。　今我行吟圩港畔，绮楼远接云天。厂房林立麦无边。家家“影院”，歌舞赛舟欢。

风入松·夏日吟

院中花木夏葳蕤，晨练对红薇。凝眸月季花容淡，编刊物、笔走神飞。玉树临风摇翠，盆荷经雨流菲。　　采风诗会乐无疲，酷暑任驱驰。应邀讲座培诗蕾，远奔走、热汗频挥。撰论敲诗搜句，梦回偶得舒眉。

西江月·暑天小园扑蝶

榴树花燃若火，紫薇蕾绽如霞。廿盆月季着稀花，蝶舞翩翩风雅。　　蝶恋频添佳景，虫狂偏噬新芽。不知两物互生耶？举拍迟迟难下。

人月圆·中秋

院中地湿花垂露，听月拨琴弦。叮叮伐桂，铿铿捣药，窸窣飞旋。　　焚香拜月，银屏歌舞，天地同欢。儿离千里，遥传祝电，聊慰心圆。

撼庭秋·早秋

入秋闲品香茗。渐暑炎消劲。紫薇花艳，石榴果亮，早霞辉映。　　金阳婉丽，风清水秀，月撩吟兴。却潮凉侵足，喧嚣走过，淡心宁静。

撼庭秋 · 中秋

月圆灵动清朗。看彩云追傍。泻光如水，海棠果润，桂馨天壤。怀乡赤子，戍人思妇，传情同望。视萱堂编织，儿孙远祝，至情流淌。

撼庭秋 · 晚秋

菊残犹对霜傲。更抱香含笑。萎荷枝挺，茶花蕾孕，俟将重俏。闲庭练步，随观花木，剪裁诗草。对桑榆霞晚，心澄意旷，短吟长啸。

步宋代张耒《夏日》诗韵奉和

庭院卧房经雨凉，青衫白帽短衣装。
修花月季枝枝挺，理树风栀朵朵香。
刮肚搜肠炼诗句，索骊探海锻文章。
黄山书社编优选，乡老心钦著作郎。

注：著作郎，系三国魏明帝始置官职，主管编纂国史等事务，晋唐宋元因之。此处借指黄山书社（以出版古籍及今人研究文章为主）编辑。

第六辑　诗词研究

学诗入门

第一讲　概论

一、什么是诗

诗,又称诗歌,是文学的基本样式之一。它是文学中和散文、小说、戏剧相并列的一种重要体裁。《辞海》对“诗歌”的解释是:“文学的一大样式。它要求高度集中地概括、反映社会生活,饱含着作者丰富的思想感情和想象,语言精练而形象性强,并具有一定的节奏韵律,一般分行排列。它在各种文学体裁中出现最早。……中国古代,将不合乐的称为诗,合乐的叫作歌,现在一般统称为诗歌。”

清代吴乔在《答万季野诗问》中针对诗与文的不同,作了精彩的比喻:“二者意岂有异?唯是体制词语不同耳。意喻之米,文喻之炊而为饭,诗喻之酿而为酒;饭不变米形,酒形质尽变”。散文的制作是“炊”,诗的制作是“酿”,前者形质未变,后者形质尽变。文是常规思维的产物,诗是形象思维的产物;其功效也不一样,一是可果腹,一是可刺激精神。简言之,“文饭诗酒”,这个比喻,胜过多少谈诗的宏论。

“文饭诗酒”举例:

相逢握痛我手指——文饭

相逢握痛指间风——诗酒

“握痛”与“风”两词语之间距离很远，在逻辑上讲，“握痛……风”是不可能的；把这两个词语放在一起，正是为了增加诗意的内涵和外延。要把“握痛……风”合理化，关键在于“指间”这个词，握痛的是手指间的“风”，“风”与手指先有了紧密的内在勾连；朋友感情深厚，为了向对方传达这种感情，相见握手力量很大，有时把手指握痛。然而，诗人觉得“握痛手指”力度还不够，还不足以传达朋友间深厚的情感，因此握手的力度还要加大。这样做的结果是诗人想到或真的感觉到，连手指间的“风”都握痛了，或者说他希望把手指间的“风”握痛。这样，词语间距离加大和词语间内在勾连的紧密，共同实现了这句诗意境的张力。这种增强诗意张力的做法，是打破常规的词语搭配，通过异质冲撞实现的。何谓张力？就像下围棋一样，争取用最少的“棋子”，围出最大的“空间”。在酒，就是要酿出醇浓的酒味，提高醉人心脾的酒精度；在诗、在歌，就是要有诗味、歌味，增强摄人心魄的感染力。实质上，是语言在特殊组合时，所产生的内涵与外延的膨胀力，以增加诗句意境的宽度和深度。张力一旦实现，就会释放出巨大的能量。就如早春孕育的第一个花蕾，它的张力不是一朵花，而是整个春天。诗人是语言的魔法师，通过增强诗句张力，使其成为诗家语，从而产生迷人的魔力。其方法有多种：第一种，词语的异常搭配。如上面讲的“相逢握痛指间风”，再如岑参的名句“孤灯然客梦，寒杵捣乡愁”，诗人燃着孤灯独坐客馆，恍惚中似乎那盏昏暗的油灯把自己心中的恋乡之梦点燃；窗外传来异乡的捣衣声，这捣衣的寒杵又似乎声声捣在自己思乡的心绪上。这具象性的“然”和“捣”，分别对抽象性的“客梦”和“乡愁”，让词语的异质性冲破语言理性的牢笼，形成诗意的张力。此法在新诗中见得较多。第二种，语序的颠倒。如古代一位诗人将前代一位皇帝写除夕的诗句“一年漏将尽，万里人未归”，改成“一年将尽夜，万里未归人”，遂成名句。原因何在？前者是线性序列的言止意尽的陈述句，后者调动了词序，成了描述性的词组，点铁成金，给读者留下广阔的想象空间，此“夜”如何？“人”又怎样？余味无穷。我的《进村访耆友》中有这样两句：“白发挥毫手，垂髫吮笔唇”，如顺着说，是“白发手挥毫，垂髫唇吮笔”，前者是聚焦在两个特写镜头，一个是苍劲有力，挥洒自如的手，一个是套上黑墨圈，令人忍俊不禁的唇；后者就黯然失色了。杜甫《江汉》中的两句：“片云天共远，永夜月同孤”。这两句是介宾倒置，顺着说应为“片云共天远，永夜同月孤”。这两句诗句语序变换虽然是为了格律的要求，但更是为了诗意的深刻。“片云共天远，永夜同月孤”，只能解释为：片云同天一样遥远，整夜我和月亮一样孤独。“片云天共远，永夜月同孤”，则可以理解为：那片云只有天和它一样遥远，整个夜晚只有月亮和我一样孤独。显然，“我和月亮一样孤独”与“只有月亮和我一样孤独”内涵是不同的，语势也有较大的区别。词序颠倒后，更能表现诗人虽远在天外，而一片忠心却像孤月一样皎洁。第三种，比喻和夸张的运用。如李白的名诗：“白发三千丈，缘愁似个长”，前句看似过度夸张，后句比喻补说其原因，就觉得无理而妙了。又如当代一位女诗人的《红豆》诗中有这样两句：“夕阳一点如红豆，已把相思写满天”，也是比喻和夸张的巧妙运用，遂成名句。第四种，讲究句式的变化。一般较少用陈述句，因为陈述句接近散文，过于明白、确定；而疑问、推测、比较、假设、祈使、感叹等语句，则比较灵活婉转，不凝固，因而为诗家常用。例如：“夜来风雨声，花落知多少？”（疑问）“谁言寸草心，报得三春晖？”（反问）“但使龙城飞将在，不教胡马度阴山。”（假设）

“想得家中夜深坐，还应说着远行人。”（推测）“人生得意须尽欢，莫使金樽空对月。”（祈使）“刘郎已恨蓬山远，更隔蓬山一万重。”（层递）“桃花潭水深千尺，不及汪伦送我情。”（对比），等等。绝句用疑问语气作诗的很多，巧妙的问语，可以避免平直浅露，显得悠然不尽，耐人寻味，这也正是绝句的本色。再者，将陈述句改成描述性词组，也有同样的功能，前面讲第二种方法颠倒语序时，所举前两例已涉将陈述句改成描述性词组，不再赘述。

苏联文艺理论家别林斯基说：“诗是最高的艺术体裁。”（《诗歌的分类和分科》），我国著名诗人艾青称诗为“文学的文学，是文学的顶峰，是文学的最高样式。”（《诗与宣传》）

二、抒发情志是诗的本质特征

诗和其他文学样式一样，都是客观世界在作者头脑里的艺术反映，都是来源于客观现实生活，社会生活永远是诗的创作源泉。

诗又是作者对社会生活的一种积极的审美活动，是作者对真善美的追求与创造的结晶，它反映和表现生活，是富有诗意和哲理、充满感情和想象的生活，是生活的心灵化，或叫心灵化的生活，它来源于生活又高于生活。

真正的诗，应该是真理的声音、历史的回声和时代的号角，应该是作者心灵的歌、感情的火和思想的光。

诗的基本特征是：

1.诗是作者思想感情的直接表达方式，是长于言志抒情的文学。抒情性是诗的一个重要特征。

2.诗是通过形象来表达思想感情的，写诗要用形象思维。形象性是诗的基本要求。

3.诗是韵文，一般都要求按规则押韵，并讲究音律的和谐和节奏的协调。音乐性是诗的特有品质。

4.诗是语言的艺术。诗的语言含蓄、精炼,具有多义性和深刻性,能用最少的语言表达最丰富的感情。艺术性是诗的语言特征。

5.诗一般是分行排列书写的。这也是诗的明显特征。

汉代《毛诗序》曰:"诗者,志之所之也。在心为志,发言为诗。情动于中而形于言,言之不足,故嗟叹之;嗟叹之不足,故永歌之;永歌之不足,不知手之舞之,足之蹈之也。"这段话于言志之外,又提出抒情,明确指出抒发情志是诗的本质特征。

三、意象是诗的灵魂

形象性是诗的第二基本特征。赤裸裸的、无所凭借的情感是抽象而苍白的,不能感动人。例如"我爱""我恨""我喜""我愁"都有具体的内容,光是说"爱""恨""喜""愁",仅仅是一种概念的表达,不能使他人具体感知,更无从感动。叙事文学如小说,可以对情感体验进行具体生动的描绘,甚至可以作细致的心理分析,搜索心灵的秘密。诗歌对情感体验的抒发却不能那样铺张,而主要诉之于概括性的意象。

意象是中国古典诗歌中的一个重要范畴,它不同于客观的物象,也不是主观的心态,而是客观物象和主观情志相统一的产物。从诗歌抒发情志的性质说,则是寄意于象,以象尽意。所谓寄意于象,就是把情感化为可以感知的形象符号,为情感找到一个客观对应物,使情成体,便于观照玩味。从语义的角度说,意象是诗歌抒写情志最基本的意义单位,是诗歌语法中的"词"。

试以对忧愁的体验和抒发来说:

①问君能有几多愁?恰似一江春水向东流!(李煜《虞美人》)

"一江春水向东流",使我们感受到愁思汹涌,难以阻抑,深广而又无尽;这是一种因遭逢大故,而伴随终生的哀怨,绝不是什么花草闲愁。

②只恐双溪舴艋舟,载不动,许多愁。(李清照《武陵春》)

小船载不动愁,既见愁之多,更有沉重压抑之感;出之以“只恐”的假设,则可想见其一任愁绪沉积,无心泛舟寻春的孤寂况味。

③试问闲愁都几许?一川烟草,满城风絮,梅子黄时雨。(贺铸《青玉案·横塘路》)

遍地滋生的春草,满城飘飞的柳絮,下个没完没了的江南梅雨,重复使用三个意象,渲染出这“闲愁”是如此缠绵,撩人心绪,无法排遣。

上述三种不同的愁,虽然没有指说愁的内容,却从不同的意象中,可能感知它们的情感性质、强度、情味,乃至产生的环境气氛等。

同样面对“东流的江水”这个象,不同的诗人用不同的意,与象结合,而产生不同意象。例如,杜甫《登高》:“无边落木萧萧下,不尽长江滚滚来。”不仅使人联想到落木窸窣之声、长江汹涌之状,也无形中传达出韶光易逝、壮志难酬的感慨。又如,苏轼《念奴娇·赤壁怀古》:“大江东去,浪淘尽,千古风流人物。”从滚滚东流的长江着笔,随即用“浪淘尽”把大江与千古风流人物联系起来,布置了一个极为广阔而悠久的空间时间背景。既使人看到大江的汹涌奔腾,又使人想见风流人物的非凡气概,体味作者兀立长江岸边对景抒情的壮怀,气魄极大。再如,毛泽东《水调歌头·游泳》,“子在川上曰:逝者如斯夫!”到中流击水之际,他联想到的是时光在飞渡,历史在前进,一切事物都在不断发展,新中国成立后的几年也已经起了根本的变化,巧妙地过渡到下片为长江的建设成果而抒发感慨,寄托厚望。

诗的解读,是从意象开始。把握了诗的意象,也就把握了诗的灵魂。

四、中国诗歌体裁类别

- 按产生先后分
  - 古典诗词
    - 先秦诗歌
      - 古歌谣辞、诗经体
      - 楚辞体(骚体诗)
    - 汉代诗歌
      - 赋
      - 乐府诗
    - 唐诗
      - 古诗(五七言古风、歌行)
      - 近体诗(格律诗)
    - 宋词
    - 元曲
  - 新诗

按其他分法(略)

第二讲　近体诗(格律诗)

中国诗歌源远流长。到了唐代,大约因为科举的关系,诞生了规范的格律诗。其与古诗不同之处,主要有四点:1.规定句数;2.严格押韵;3.讲究平仄;4.要求对仗。格律诗大致分为律绝和律诗两类。

格律诗用韵严格,一般只用平声韵。除首句平收的体式,其首句当用韵外,无论律绝、律诗、长律,必须逢双句一韵到底,即不能出韵,且要避免重韵。出韵和重韵均为格律诗之大忌。

格律诗最本质的特征是讲究平仄。平仄相间,方可抑扬顿挫。

平声—古音平—现代普通话{阴平、阳平}

仄声—古音（不平）{去、上、入（归入普通话四声）}—普通话{上、去}

入声短促急收，不能延长。用南通方言读可辨，如：国、石、发、月，等等。

古四声（平上去入）	今四声（阴阳上去）
支纸至即	支直纸至
羊养漾药	央羊养漾
先本后末	山明水秀

为了增强诗的节奏感，读起来抑扬顿挫，强化诗的音乐性，律绝、律诗一句诗中，平仄相间；出句与对句平仄相对，上联对句与下联出句平仄相粘，此为粘对规则。首字常平仄不拘，故以第二字为准。违反此规则，谓之“失粘”或“失对”。

一、先讲格律诗的平仄

五言绝句只有四种句式：

①平起仄收　　平平平仄仄　（不宜三仄脚，只能这样）

②平起平收　　平平仄仄平

③仄起仄收　　仄仄平平仄

④仄起平收　　仄仄仄平平　（不可三平脚，只能这样）

以上四种句式，按双句必押韵和粘对规则，只能组成四种五绝平仄样式。依次以①到④作首句，只可排出四种样式如下：

第一种：平平平仄仄①，仄仄仄平平④。

仄仄平平仄③，平平仄仄平②。

第二种：平平仄仄平②，仄仄仄平平④。

仄仄平平仄③，平平仄仄平②。

第三种：仄仄平平仄③，平平仄仄平②。

平平平仄仄①，仄仄仄平平④。

第四种：仄仄仄平平④，平平仄仄平②。

平平平仄仄①，仄仄仄平平④。

以上是五绝的四种体式，其中每一句均为律句（合律的句子），律句中必须有两个平声相连，否则就成了孤平或成其他拗句。在可平可仄的下面加“·”，在押韵的下面加“△”。在五言绝句平起句前加“仄仄”头，仄起句前加“平平”头，就成了七绝体式四式。七绝每句第一字均可平可仄。

下面就五言绝句变格、拗救和注意防范的问题逐一说明：

1.平平平仄仄，此句有变格

可变格为：平平仄平仄，但变格后第一字须平，不再可仄，因须至少二平声字相连，否则就成了拗句。

如：“移舟泊烟渚”（孟浩然《宿建德江》）

“谁惊一行雁”（杜牧《江楼》）

此变格一般于倒数第二句时用。

2.平平平仄仄，力避脚三仄

3.仄仄仄平平，不可脚三平

4.平平仄仄平，切莫犯孤平

（孤平向为诗家所忌）

如第一字用了仄声，就成了孤平（仄平仄仄平），句中平声字被仄声字割裂开来、孤立起来，可将第三字仄声改为平声补救，成为“仄平平仄平”，仍为合律的句子。这就是孤平拗救。

如:“不敢高声语,恐惊天上人。”(李白《夜宿山寺》)

下句“天”救“恐”。

“辇路生秋草,上林花满枝。”(李昂《宫中题》)

下句“花”救“上”。

5.仄仄平平仄,拗救看两式

第一式:“仄仄仄平仄”为小拗,可救可不救。

第二式:“仄仄平仄仄”和“仄仄仄仄仄”为大拗,非救不可。

“仄仄平平仄,平平仄仄平。”如上句第三字用了仄声(小拗),第四字用了仄声或三、四字均用仄声(大拗),则于下句第三字改用平声来救。

如:“溪路千里曲,哀猿何处鸣。”(柳宗元《入黄溪闻楼》)

下句“何”救上句“里”。

“向晚意不适,驱车登古原。”(李商隐《登乐游原》)

下句“登”,救上句“意”“不”。

此为对句相救。如果上句小拗或大拗,下句又犯孤平,则将下句第三字改用平声,那就成了“对救自救连,一箭获双禽”。

如:“万国尚防寇,故园今若何?”(杜甫《复愁》)

下句“今”,救本句“故”(孤平拗救),兼救上句“尚”(救小拗)

近体诗是严格的格律诗,除了允许的变格和拗救之外,其他地方一般不得用拗,拗了无救。初学诗者最好先照正格写作;熟悉正格后,顺应造句炼词的需要,适当使用变格、拗救。

“仄仄平平仄”句式,最好不要三、四两字仄拗,因这种拗句必然“四连仄”或“五连仄”,虽然对句有“救”,然而念起来毕竟不甚悦耳,所以唐宋以后诗人罕用这种拗句。

顺带提一下,“平平仄仄平”句式,第三字使用灵活,不救拗也可以用平声,宜仄可平。此例常见,如“萧萧枫树林”(戴叔伦《题三闾大夫庙》),“胡风千里惊”(令狐楚《从军行》)。

以上变格、拗救,是就五言绝句而言。在五言前加个“平平”头或“仄仄”头,未能改变其是拗句或是律句的性质。只是五言第一字是七言第三字,五言第三字是七言第五字,如是而已。留个作业:请写出七绝四种体式,并将五绝变格、拗救移用到七绝中去,还要找到相关例句。五律是两首五绝相加,运用粘对规则,请写出五律平仄体式四种。

提示:

1.前举第一种五绝重叠一下,即“第一种+第一种”,为五律第一式:

平平平仄仄,仄仄仄平平。

仄仄平平仄,平平仄仄平。

平平平仄仄,仄仄仄平平。

仄仄平平仄,平平仄仄平。

说明:为了便于说明怎样从五言四种句式,生发出五绝和五律各四种体式,故避开一般讲格律书将常用体式排前的做法。

2.前举五绝“第二种+第一种”,为五律第二式

平平仄仄平,仄仄仄平平。

仄仄平平仄,平平仄仄平。

平平平仄仄,仄仄仄平平

仄仄平平仄,平平仄仄平。

3.前举五绝第三种重叠,即“第三种+第三种”,为五律第三式

仄仄平平仄,平平仄仄平。

平平平仄仄，仄仄仄平平。
仄仄平平仄，平平仄仄平。
平平平仄仄，仄仄仄平平。

4.前举五绝“第四种+第三种”，为五律第四式

仄仄仄平平，平平仄仄平。
平平平仄仄，仄仄仄平平。
仄仄平平仄，平平仄仄平。
平平平仄仄，仄仄仄平平。

在五律平起句前加“仄仄”，仄起句前加“平平”，就成了七律。律诗第一、二句为首联，第三、四句为颔联，第五、六句为颈联，第七、八句为尾联。颔联、颈联须对仗，对仗要求出句与对句语法结构相同或相似，如：主谓对主谓，动宾对动宾，动补对动补，主谓宾对主谓宾，等等。对应处词性相同，如：名词对名词，动词对动词，形容词对形容词，数词对数词，量词对量词，副词对副词，连词对连词，助词对助词，介词对介词，等等。在实词相对中，还要求分小类相对，才算工整，如：天文对——星对月，地理对——山对水，动物对——禽对兽，颜色对——红对绿，等等。

至于长律，就是十句以上的律诗，又称排律。排律除首尾二联不要求对仗外，中间各联均需对仗。全诗要求符合粘对规则，且要一韵到底。分五言排律、七言排律两种。唐科举考试中的“试帖诗”，就是五言排律，每首六韵十二句。长的排律，如元稹《春六十韵》、白居易《代书诗一百韵寄微之》等。初写排律者，可先按粘对规则写出所要写的排律的平仄格式，然后照着写。中间各联虽对仗，而不合粘对规则的，不是排律，只能看作古风。

顺便提一提古风。古风是古代的自由诗，不讲平仄，只讲押韵；

可一韵到底,也可换韵;一般押平声韵,也可押仄声韵。一般为五言或七言,称五古或七古,也可有长短句。换韵时,一般首句也要押韵。

二、再谈格律诗的押韵

(一)什么是押韵

押韵,又称叶韵,是格律诗的基本要素之一,就是把同韵的字放在规定句式的句尾(故这些字又叫韵脚),使诗句在音韵上产生回环往复的旋律美、和谐美(即音乐美),读起来既顺口,又悦耳动听,从而增加诗的魅力。

(二)押韵的规则

1.格律诗必须押韵,且逢双句押韵,首句可起韵,也可不起韵。

2.每首一韵到底,中间不能换韵,排律即使延长到20句、30句,也不能换韵,不能出现重复的韵脚字。

3.格律诗押平声韵。有人有意把格律诗的平仄格式颠倒,双句仄收,仍符合粘对规则,押仄声韵,是不常见的变体,格律诗本没有这样的格式。其他押仄声韵的旧体诗,均为古体诗。

(三)古韵和今韵

历史是发展的,汉语语音也是在发展变化的。从古到今大致可分为上古、中古、近古和现代四个时期,各个时期的音韵各有不同。《切韵》是隋代韵书,成书于隋仁寿元年(601),属中古时代的汉语语音系统。唐朝人编《唐韵》,分205韵。北宋人编《广韵》和《集韵》,分206韵。这三部韵书承袭了《切韵》的语音系统。金人平水书籍(书籍,官职)王文郁编《平水韵略》,分为106韵。南宋平水人刘渊编成《壬子新刊礼部韵略》,分107韵。清代张玉书等人以《平水韵略》和《壬子新刊礼部韵略》为基础和依据,奉诏在康熙五十年编成《佩文韵府》和简化本《佩文诗韵》，这两部“官韵”分106韵，以康熙书斋“佩文”命名。

现在所用的《平水韵》，依据的就是《佩文韵府》和《佩文诗韵》，这两部官韵仍然承袭了《切韵》的中古时代汉语语音系统。受到过去科举制度和文化教育制度的保护，加上读书音的代代相传，才得以沿袭。历经一千四百年的历史沧桑，与现代汉语的语音有了很大的差距，尤其是平水韵里的入声，在普通话里不复存在，归入今四声。元代作曲用《中原音韵》，已无入声。清代以来流行的《十三道辙》，也无入声。1936年，张洵如整理出版的《北平音系十三辙》，与现代普通话的语音系统是一致的，为近代和现代写京剧、民歌和新诗所用韵书。用现代汉语的音韵写格律诗，是时代的要求，历史的必然。

2001年，中华诗词学会制订了《21世纪初期中华诗词发展纲要》，强调“诗韵改革，势在必行”，并于2014年刊出《中华新韵》（十四韵）以试行。此新韵以普通话和《新华字典》的注音为依据，将汉语拼音的35个韵母，分为14个韵部。现将《中华新韵》韵部划分简示如下：一、麻[a，ia，ua]；二、波[o，e，uo]；三、皆[ie，üe]；四、开[ai，uai]；五、微[ei，ui（uei）]；六、豪[ao，iao]；七、尤[ou，iu（iou）]；八、寒[an，ian，uan，üan]；九、文[en，in（ien），un（uen），ün（üen）]；十、唐[ang，iang，uang]；十一、庚[eng，ing（ieng），ong（ueng），iong（üeng）]；十二、齐[i，er，ü]；十三、支[-i]零韵母；十四、姑[u]。所谓“零韵母”，即无韵母，在拼音字母中，当声母“zh，ch，sh，r，z，c，s”单独组成一个音节，代表一个字时，在声母后面虚设“i”，并不与声母拼读。在注音字母中，该音节只注声母，没有韵母。第十三部“支”韵，既无韵母，就谈不上与其他韵部押韵，《中华新韵》将它单列一部是有道理的。《纲要》所定声韵改革的方针是:“倡今知古”,“双轨并行”。《中华诗词》曾在卷首语中声言,写近体诗,可用《平水韵》《中华新韵》,或放宽到词韵。目前,《中华诗词》上发表的诗作,大多是放宽到词韵的作品。

许多人认为,诗韵放宽到了词韵,何必倡导新声韵呢?诚然这种韵放宽了的诗,克服了一些音韵不谐的问题,向新韵靠近了一步,但是并未从根本上解决音乐美缺失的问题。从根本上说,词韵(《词林正韵》或《词韵新编》)不过是《平水韵》的合合分分,仍保留了《平水韵》的语音系统(即中古语音系统)。虽然在某些韵部上与普通话诗韵靠近了,但与普通话实际的差距依然存在。就拿词韵第三部来说,新韵就分属五微、十二齐、十三支三个韵部,用词韵第三部写的诗,很不和谐。尤其是词韵入声各部,与普通话更是格格不入。有人质疑,用新声韵后,词谱规定宜用入声韵的词怎么好填?可用今去声韵代替古入声韵,用普通话读起来,既和谐,又不失激越。

普通话不存在入声,这是历史演变的结果。广大青少年儿童讲惯了普通话,特别是儿童,已不会讲当地方音,更读不出那“短促、急收、不可延长”的入声,何来入声的“魅力”?诗词要走向校园,要后继有人,就必须先搬开“入声”这个“拦路虎”,让他们先从新声韵入门,他们知道了新韵各部的韵母,没有韵书,也能按新韵写诗。入门以后,再逐步了解旧韵,做到“倡今知古”。如果死抱住“入声”不放,一味排斥新韵,那么不仅故步自封,更会使诗词后继乏人。

(四)学习《中华新韵》需要明确的问题

1.韵部划分的标准——同身同韵

用《汉语拼音》注音,韵母可分为韵头、韵腹、韵尾三个部分。韵母中开头的i、u、ü称为韵头，韵头后面的元音部分称为韵腹，它是韵母发音的主部，韵腹后面的辅音部分，即n、ng，称为韵尾，韵腹和韵尾合称韵身，韵身相同的字，发音取同一收势，读起来和谐，是押韵的。所谓“同身同韵”，是将韵身相同的字，归于同一韵部。而前鼻音和后鼻音韵身不同，是不押韵的。用注音字母注音，韵头称为介母，没有韵尾，韵母即韵身，韵母相同，自然同韵，而前鼻音和后鼻音韵母不同，当然不能押韵。

尽管前鼻音和后鼻音的出音渠道都通过鼻腔，可是发音部位不同，前鼻音的发音部位是舌尖抵齿龈，而后鼻音的发音部位是舌根抬起抵软腭。再说，无论是《中华新韵》，还是《平水韵》《词林正韵》和《中原音韵》，前鼻音与后鼻音都是不能通押的。

2.平仄区分的原则——只分平仄，不辨入声

每个韵部中发音为阴平、阳平的字，即为平声字；发音为上声、去声的字，即为仄声字。普通话无入声，故不辨入声。在每个韵部的后面标出该韵部平声字中听含的原入声字，仅供使用平水韵时参考。仄声部分中的原入声字，不再标出。

3.多音字的归属原则——音随意定，韵依音归

所谓“音随意定”，就是对于多音字，须根据该字在句中的具体含义，来确定其读音。所谓“韵依音归”，就是依据读音，来确定其所属韵部及其平仄划分。

4.正确处理新韵和旧韵关系——倡今知古，双轨并行

所谓“倡今”，指创作诗词提倡使用《中华新韵》来推动诗韵改革。所谓“知古”，指使用新韵创作，仍然要知道和熟悉旧韵，即作格律诗用的《平水韵》和填词用的《词林正韵》。只有这样，才能更好地继承和发扬古典诗词优美的传统。

所谓“双轨并行”，就是使用新韵，并不反对使用旧韵。新韵、旧韵皆可以使用。为便于读者欣赏，便于编者审稿，使用新韵的诗作，须在诗题后注明“新声韵”。在同一首诗中，新韵与旧韵不得混用。押新韵的诗中，须用新声调定句中各字平仄，不得以旧声调定平仄。

（五）关于险韵和邻韵

1.关于险韵

在《平水韵》106个韵部的30个平声韵部中，按照宽窄程度（即韵字多少），王力先生将其分为宽韵、中韵、窄韵和险韵四类。其中江、咸、佳、肴四个韵部，同韵字本来就很少，作诗押韵的常用字就更少了，难免要用一些冷僻字来押韵，人觉其险，称此四韵为险韵。

2 关于邻韵

依诗韵的次序，以排列相近而音又相似的韵叫作邻韵。《平水韵》的邻韵可分为八类：①东、冬，②支、微、齐，③鱼、虞，④佳、灰，⑤真、文、元、寒、删、先，⑥萧、肴、豪，⑦庚、青、蒸，⑧覃、盐、咸。至于以江和阳、佳和麻为邻韵，可视为特例。作格律诗首句起韵时，可借邻韵字押韵。须知，这是在用《平水韵》押韵时对首句起韵的放宽，如作诗通首用词韵或新韵，就不存在首句起韵用邻韵的问题。

总之，写格律诗用《平水韵》时，尽量少用险韵。如用险韵（或不用险韵），可在首句起韵时用邻韵，以增加韵字。切不可将“邻韵”概念和使用范围随意扩大，而造成首句起韵时的“出韵”。

注：此文系我在南通市诗教基地东方中学所作的讲座稿。

略谈对仗

对仗，又称对偶，由两个字数相等、词性相同、结构相同或相似、平仄相对、意义相关的句子构成，如古代公府仪仗结队导行，故名。运用对仗，能鲜明地揭示事物的内在联系，反映其对立统一关系，且能造成形式上的整齐美、音节上的和谐美，以增强语言表达力和感染力。对仗广泛运用于古代辞赋、骈文和诗词创作，作律诗必用对仗。古代先生教学生作诗，往往是先教学生对对子。好的启蒙教材有《声律启蒙》《笠翁对韵》等。关于对仗方法的分类，古有初唐诗人上官仪的“六对”和“八对”之说，今有台湾诗人林正三在其《古典诗学》中列举的对仗十七法之说（见中国对联网）等等。林先生对前人对仗法有所增补，今人读后有所教益。然而所列各法之间，既有重复交叉，又有疏漏残缺、散乱无序，缺乏逻辑性；还有些不准确的地方，尚欠科学性。我尝试从不同的角度，来区分各类对仗方法，厘清脉络，拓展延伸，更正舛误，大量增补，自成系统。

一、从对仗两联内容间的联系这个角度看，对仗可分为正对、反对、串对、逆挽对、互文对和问答对

1.正对　指上句与下句意思相类或相近，相互补充或相互生发的对仗句。正对又分并肩对和映比对两种。

①并肩对　两句意思并立，不分主次，不相连贯。此种对仗方法最常见。如：“清新庾开府，俊逸鲍参军。”（杜甫《春日忆李白》）“青山横北郭，白水绕东城。”（李白《送友人》）

②映比对　两句意思相映衬，有主次，一为正意，一为旁衬。

如:“营开边月近,战苦阵云深。”(张巡《闻笛》)下为正,上为衬。又如:“人世几回伤往事,山形依旧枕寒流。”(刘禹锡《西塞山怀古》)上为正,下为衬。

2.反对　指上下句意思相反或相对,相互对比的对仗句,常用反义词相对应。如:“野径云俱黑,江船火独明。”(杜甫《春夜喜雨》)“独怜京国人南窜,不似湘江水北流。”(杜审言《渡湘江》)

3.串对　指上下句意思相承相继的对仗句,又分顺接对和流水对两种。

①顺接对　下句承接上句之意,多见前后相承。如:“随风潜入夜,润物细无声。”(杜甫《春夜喜雨》)“千寻铁锁沉江底,一片降幡出石头。”(刘禹锡《西塞山怀古》)

②流水对　两句一意贯通,如一道水流,不能分割,不能颠倒,谓之流水对;上下句之间有递进、转折、假设和因果等关系者,亦称流水对。如:“即从巴峡穿巫峡,便下襄阳向洛阳。”(杜甫《闻官军收河南河北》)又如:“独有英雄驱虎豹,更无豪杰怕熊罴。”(毛泽东《冬云》)——递进;“头颅早悔平生贱,肝胆宁忘一寸丹。”(柳亚子《感事呈毛主席》)——转折;“不辨风云色,安知天地心。”(张巡《闻笛》)——假设;“为有牺牲多壮志,敢教日月换新天。”(毛泽东《到韶山》)——因果。

4.逆挽对　指两句先后倒叙而成对。如:“此日六军同驻马,当时七夕笑牵牛。”(李商隐《马嵬》)“回日楼台非甲帐,去时冠剑是丁年。”(温庭筠《苏武庙》)

5.互文对　指两句意思交互通用而成对。所谓互文,即在连贯性的话语中,将本可合在一起说的两个词语,分开上下各出现一个,参互成文,合而见义。互文对如:“千村薜荔人遗矢,万户萧疏鬼唱歌。”（毛泽东《送瘟神》）此联谓千村万户薜荔人遗矢，萧疏鬼唱歌。“花径不曾缘客扫，蓬门今始为君开。”（杜甫《客至》）此联谓花径未曾缘客扫，而今为君扫，蓬门未曾为人开，而今为君开。

6.问答对　上下两句以一问一答的方式而成对。如：“谁爱风流高格调？共怜时世俭（通‘险’，怪异）梳妆。”（秦韬玉《贫女》）“阁中帝子今何在？槛外长江空自流。”（王勃《滕王阁诗》）答语不可过于直率，须把诗意荡开，方显蕴藉。

二、从对应的词、词组或句子所处位置这个角度看，对仗可分为当句对且互对、隔句对、交股对、拱璧对和回文对

1.当句对且互对　上下句，各自句中自对，两句又互相成对。如：“小院回廊春寂寂，浴凫飞鹭晚悠悠。”（杜甫《涪城县香积寺官阁》）“城外青山如屋里，东家流水入西邻。”（王维《春日与裴迪过新昌里访吕逸人不遇》）

2.隔句对　又称扇面对，指诗或词中某四句内，第一句与第三句相对，第二句与第四句相对。如：“得罪台州去，时危弃硕儒；移官蓬阁后，谷贵殁潜夫。”（杜甫《哭台州郑司户苏少监》）词中一字领四言四句，多有隔句对。如：“渐月华收练，晨霜耿耿；云山摛锦，朝露漙漙。”（苏轼《沁园春·孤馆灯青》）“怅燕然未勒，南归草草；长安不见，北望迢迢。”（刘克庄《沁园春·答九华叶贤良》）

3.交股对　又称错综对、犄角对，指上下两句相对之字词颠倒错综，不在相同位置上。如：“裙拖六幅湘江水，鬟耸巫山一段云。”（李群玉《杜丞相宴中赠美人诗》）“六幅”与“一段”，“湘江”与“巫山”，交叉错综，构成对仗。“春深叶密花枝少，睡起茶多酒盏疏。”（王安石《游钟山》）“密”与“疏”，“少”与“多”，交错成对。

林正三先生在“交股对”之外，另立一项“错综对”与其并立，且所举“错综对”例句为两个相对的倒装句:“柳絮打残连夜雨,桃花吹散五更风。”(杜甫《崔氏东山草堂》)显然这是把“错综”和“倒装”两个布置类修辞格等同起来了。何谓错综?错综是在前后相连的语句中,本可以出现相同的词语或句式,但为了避免重复,不致使行文单调、呆板,而有意配置不同的词语,使句型错综变化,以收“同中见异”之效。错综的方法有三种,即词语的变换、句式的变换和语气的变换,如:“花朵满身戴,功劳戴满身。”(田间《天安门》)两个分句谓语的中心词都是“戴”,为了押韵,也为了句式的错综变化,第一个分句用“满身”作状语,第二个分句把“满身”换作补语。“满身戴”和“戴满身”,一正一倒,错综有致。诚然,在运用错综手法时,有时也会用到倒装句,可是以倒装句对倒装句,那就不是错综手法了。

4.拱璧对　此为重出句法之对,如璧相拱,故名。如:“自去自来堂上燕,相亲相近水中鸥。”(杜甫《江村》)“堠长堠短逢官马,山南山北闻鹧鸪。”(殷尧藩《旅行》)

5.回文对　词语的排列或句子的语序一顺一反,往复循环,这种修辞法叫回文。以回文法造成的句子作为对仗,叫回文对。如:“客上天然居,居然天上客。”又如:“碧空寒露松枝滴,滴枝松露寒空碧。”(王寂《菩萨蛮》)

三、从对仗宽严角度看,对仗可分为工对、邻对和宽对

1.工对　又称切对,指上下两句相对必须十分严格工整,不但要音节、结构、词性相同,实词各类、虚词各类各自相对,而且要分为天文、地理、时令、器物、动物、植物、宫室、人事、文事、人名、地名、方位、数量、颜色、干支等若干小类,小类与小类相对,联绵词与联绵词相对,叠字与叠字相对,比拟与比拟相对,才算工对。小类对仗有几十种，略举数种如下：

①人名对　以人名对人名的对仗句。如："匡衡抗疏功名薄，刘向传经心事违。"（杜甫《秋兴八首·其三》）

②地名对　以地名对地名的对仗句。如："闽县绿娥能引客，泉州乌药好防身。"（施肩吾《送人南游》）

③植物对　以植物对植物的对仗句。如："红袖织绫夸柿蒂，青旗沽酒趁梨花。"（白居易《杭州春望》）此联中，以"梨"对"柿"，为植物对；以"青"对"红"，则为颜色对。

④动物对　以动物对动物的对仗句。如："风枝惊暗鹊，露草覆寒蛩。"（戴叔伦《客夜与故人偶集》）

⑤器物对　以器物对器物的对仗句。如："几处吹笳明月夜，何人倚剑白云天。"（李益《盐州过胡儿饮马泉》）

⑥宫室对　以宫室对宫室的对仗句。如："吴苑宫闱今冷落，广陵台殿已荒凉。"（李煜《渡中江望石头城泣下》）

⑦方位对　以方位对方位的对仗句。如："江上玉人应可见，洞中仙鹿已来驯。"（杜光庭《题平盖沼》）

⑧干支对　以天干地支为对的对仗句。如："寅年篱下多逢虎，亥日沙头始卖鱼。"（白居易《得微之到官后诗》）

⑨数量对　以数量词对数量词的对仗句。如："试玉要烧三日满，辨才须待七年期。"（白居易《放言五首·其三》）

⑩联绵对　以联绵词对联绵词的对仗句。如："但愿暂成人缱绻，不妨常任月朦胧。"（朱淑真《元夜》）双声联绵词"缱绻"与叠韵联绵词"朦胧"相对。联绵词是单纯词，非合成词，虽有两个词素，然将其拆开，不能独立成义。如将联绵词与合成词相对，就不算工整。

⑪叠字对　以叠字相对的对仗句。如："高天滚滚寒流急，大地

微微暖气吹。”（毛泽东《冬云》）古人有各联都以叠字相对的诗，如：“杳杳寒山道，落落冷涧滨。啾啾常鸣鸟，寂寂更无人。淅淅风吹雨，纷纷雪积深。朝朝不见日，岁岁不知春。”（寒山《杳杳寒山道》）

⑫双拟对　相对词语皆为比拟的对仗句。如：“野花留宝靥，蔓草见罗裙。”（杜甫《琴台》）

2.邻对　指虽不是同小类的工对，但还是比较邻近的词类相对，近乎工整的对仗句。邻对可分许多种，如：天文与时令对，天文与地理对，衣饰与器物对，衣饰与宫室对，器物与文书对，草木花卉与鸟兽虫鱼对，文具与文学对，形体与人事对，人伦与代名对，人名与地名对，同义合成词与反义合成词对，疑问代词与副词对，副词与连词、介词对，连词、介词与助词对，等等。略举数种邻对如下：

①天文与时令对　如：“海日生残夜，江春入旧年。”（王湾《次北固山下》）“春”对“日”。

②天文与地理对　如：“明月松间照，清泉石上流。”（王维《山居秋暝》）“泉”对“月”。

③衣饰与器物对　如：“灭烛怜光满，披衣觉露滋。”（张九龄《望月怀远》）“衣”对“烛”。

④衣饰与宫室对　如：“九天阊阖开宫殿，万国衣冠拜冕旒。”（王维《和贾至舍人早朝大明宫之作》）“衣冠”对“阊阖”，“冕旒”对“宫殿”。

⑤器物与文书对　如：“晨摇玉佩趋金殿，夕奉天书辞琐闱。”（王维《酬郭给事》）“天书”对“玉佩”。

⑥草木花卉与鸟兽虫鱼对　如：“岸花开且落，江鸟没还浮。”（马周《凌潮浮江旅思》）“鸟”对“花”。

⑦疑问代词与副词对　如：“云横秦岭家何在？雪拥蓝关马不

前。”（韩愈《左迁蓝关示侄孙湘》）副词“不”对疑问代词“何”。

3.宽对　指上下句对应不十分严格的对仗句。宽对又分异类对、虚实对、借对和半对半不对等几种不同类型。

①异类对　指只求词性相对，不求小类相对的对仗句。如：“雨中黄叶树，灯下白头人。”（司空曙《喜外弟卢纶见宿》）“人”对“树”，为异类对。又如：“一年将尽夜，万里未归人。”（戴叔伦《除夜宿石头驿》）“人”对“夜”，更为异类对。

②虚实对　指实体词对非实体词的对仗句。如：“山河破碎风飘絮，身世浮沉雨打萍。”（文天祥《过零丁洋》）“身世”非实物，“山河”为实物，以虚对实，为虚实对；此联又是双拟对。又如：“客子入门月皎皎，谁家捣练风凄凄。”（杜甫《暮归》）“客子”为实，“谁家”为虚，也是虚实对。

③借对　指取其假借之义而成对的对仗句。借对又分借义对和借音对两种。

a.借义对　即某一词在诗句之中意义本不合对仗，而另一义项却可借来对仗，此类对仗为借义对。如：“生理只凭黄阁老，衰颜欲付紫金丹。”（杜甫《将赴成都草堂中有作先寄严郑公》五首《其四》）唐代中书、门下省的官员称“阁老”，严武以黄门侍郎衔镇守成都，故称黄阁老。杜诗“黄阁老”中的“黄”已非黄色的意思，此处借“黄”可表黄色之义，而与“紫金丹”中的“紫”成为颜色对，此乃借义对。又如：“酒债寻常行处有，人生七十古来稀”（杜甫《曲江》）杜诗中“寻常”即“平常”之意，本不能与“七十”相对，而古人称“八尺为寻，二寻为常”，此义却可借来与“七十”成为数字对。

b.借音对　也称谐音对，即音相谐，义不同之字，可借作对仗。如：“厨人具鸡黍，稚子摘杨梅。”（孟浩然《裴司士见访》）“杨”与

"羊"谐音,故借来与"鸡"相对。又如:"枸杞因吾有,鸡栖奈汝何?"(杜甫《恶树》)"枸"与"狗"谐音,故借来与"鸡"相对。

④半对半不对　半句相对,半句字面不对而意对。如:"山重水复疑无路,柳暗花明又一村。"(陆游《过山西村》)

如果强求整句对仗工整,将"又一村"改为"实有村"或"又有村",反而显得生硬板滞,不如原句自然活脱。然而,整句字面不对而意对,那就不叫对仗句了。半对半不对,也称意对或称浑括对。

四、词的对仗宽严不一,约分律对、准律对和散对三种

1.律对　相当于律诗的工对,句式、语法、词义和平仄都要相对,避同字对。三言对,如:"碧云天,黄叶地。"(范仲淹《苏幕遮》)四言对,如:"小径红稀,芳郊绿遍。"(晏殊《踏莎行》)五言对,如:"落花人独立,微雨燕子斜。"(晏几道《临江仙》)六言对,如:"好梦狂随风絮,闲愁浓胜香醪。"(柳永《西江月》)七言对,如:"舞低杨柳楼心月,歌尽桃花扇底风。"(晏几道《鹧鸪天》)。

2.准律对　与律对要求大多相同,只是声调上可平对平,仄对仄。如:"一川烟草,满城风絮。"(贺铸《青玉案·横塘路》)"轻解罗裳,独上兰舟。"(李清照《一剪梅》)

3.散对　近似散文的对偶,同声同字都可相对。如:"银字笙调,心字香烧。"(蒋捷《一剪梅·舟过吴江》)"汴水流,泗水流。"(白居易《长相思》)

五、三句及其以上的对偶

1.鼎足对　指三句为一组的对偶句,俗称"三枪",多见于词曲中。如:"玉宇无尘,金茎有露,碧天如水。"(柳永《醉蓬莱》)"有桃花红,李花白,菜花黄。"(秦观《行香子》)词中一字领三言三句,常用鼎足对。还有鼎足对和互文对并用,如:"绿野风烟,平泉草木,东山歌酒。”（辛弃疾《水龙吟·寿韩南涧尚书》）句中的“绿野”“平泉”和“东山”，分别是用唐代名相裴度、李德裕和东晋宰相谢安所居之地以指代三人，并拿他们的生活经历与情趣——“风烟”“草木”“歌酒”，来称颂友人隐居信州、寄情山水的高洁志向与卓荦风姿，收到含不尽之意于言外的艺术效果。

2.联珠对　也称联璧对，指多句相对，只见于散曲。如：“半点事半点惭羞，三秋恨三秋感旧，三春怨三春病酒，一世害一世风流。”（徐再思《水仙子·春情》）林正三先生所言“联珠对”，所举例句“无边落木萧萧下，不尽长江滚滚来”，非联珠对，实为“叠字对”。

六、律诗对仗“三忌”

1.忌合掌　对仗之两句完全同义或基本同义称为合掌。律诗要求词约旨丰，合掌者于两句中重复其意，故为律诗之大忌。如：“群贤共谱箴时调，众彦齐讴警世声。”此对联在上下句相对位置上，使用“群贤”与“众彦”、“时”与“世”、“调”与“声”三对同义名词对仗，意义重复，实为一句，故犯了合掌之病。一般说，在上下句相对位置使用两个同义名词，如以“神州”对“华夏”，则易犯合掌之病。意义相同的动词之间、形容词之间和虚词之间相对，则不作合掌论。如：“估客昼眠知浪静，舟人夜语觉潮生。”（卢纶《晚次鄂州》）“知”与“觉”为同义动词，此联不为合掌。

2.忌颔联与颈联两联对仗方式雷同　两联句式要有所变化，方能气韵流动。假如前联句式是“二二一”式，后联宜换用“二一二”式，例如：“潮平两岸阔，风正一帆悬。海日生残夜，江春入旧年。”（王湾《次北固山下》）如果句式不能改换，也要改变一下语法结构，方不显重复呆板。如：“不辨风尘色，安知天地心。营开边月近，战苦阵云深。”（张巡《闻笛》）此两联句式均为“二二一”式，然语法结构迥异,“不辨”和“风尘色”均为偏正结构,而“营开”和“边月近”均为主谓结构。两联虽句式相同,而语法结构不同。况且,前联为流水对,后联为映比对。因此,两联仍然流畅,不觉板滞。

3.忌一味求工,而为词害意　对仗以天然、流畅、有意境和较工整为佳,不要一味苛求严整。否则,会束缚思想,或失之合掌,或失之牵强,或失之纤巧。古代诗人对仗并不一味求工,而是工对与宽对相结合。如:“问姓惊初见,称名忆旧容。”(李益《喜见外弟又言别》)前四字是工对,末字“见”(动词)却与“容”(名词)相对,突破了对仗需词性相同的概念,今人多会诟病之,认为“今貌”与“旧容”相对才算工整,拟改为“问姓观今貌,称名忆旧容。”这样改,与李诗比,意境就大相径庭了。李益和表弟离别十年,乱世相逢,已对面不能相认了,诗人客气地询问:“贵姓?”(即“问姓”),对一个“似未谋面者”的身份和来意感到惊讶不解(即“惊初见”)。上句“问姓”和“惊初见”的主语固然是诗人李益,而下句“称名”和“忆旧容”的主语也是李益。经过初步接谈,诗人恍然大悟,面前的“陌生人”原来就是十年前在一起玩耍的表弟,诗人一边激动地称呼表弟的名字(即“称名”),一边端详对方的容貌,努力搜索记忆中表弟的形象(即“忆旧容”)。诗人抓住“初见”的一瞬间,作了生动的细节描绘,从“问”到“称”,从“惊”到“忆”,层次分明地写出了由“初见”不识,到接谈相认的神情变化,绘声绘色,细腻传神,而至亲重逢的深挚情谊,也自然从描述中流露出来。“惊初见”乃诗眼所在,不是其他词语替换得了的。李诗此联犹如鲜活奇丽的香葩,而改联则似剪纸手艺剪出来的窗花,虽对称严整,但毫无生气,全无香味,大为逊色。由此可见,对仗不能一味求工而损害意境。

注:此文发表于2014年第3期《南通诗词》。

孤平刍议

沿用已久的“孤平”定义是：“除韵脚之外，只有一个平声字。”此说准确吗？试看五言仄起平收句（①||--），就是除了韵脚之外，只有一个平声字，然而这不是孤平，而是标准的律句，因为这个平声字是和韵脚的平声字相连的，并不孤主。由此可见，上述“孤平”定义是不科学的。“孤平”中的“孤”字不解作“单一”的意思，而应解作“孤立”的意思。“孤平”应分三个层面来定义：句中的平声字都被仄声字分割开来，孤立起来；换言之，每一个律句中，必须至少有一处是两个平声字相连的；否则，就犯了孤平或成了另类拗句。

律句与拗句（即非律句），是对立的两个概念。孤平是拗句的一种，就五言平起平收句（---||-）而论，如果第一字用了仄声，就将第三字改作平声来救，此所谓“孤平拗救”。至于上面提到的另类拗句，既包括可救可不救的小拗和非救不可的大拗，也包括无法可救的拗句（即出律句）中的一部分。通常所说的小拗，是特指五言仄起仄收句（①|--|）中第三字用了仄声，大拗是特指该句中第四字用了仄声，或第三、四字都用了仄声。大拗怎么做？就五言句而论，是在对句平起平收（--||-）句中，第三字改用平声来救。不可救的拗句（即出律句）较多，在诗作中常见的有“|-|-|”，这是五言平起仄收句（--||）使用变格“--|-|”时，没遵照“变格后第一字须平”而造成的（见王力《诗词格律》）。此句第三、四字平仄互换位置，并没有减少平声字。王力先生为什么要强调原可平可仄的第一字不再可仄呢？因为第一字如用仄声，那么句中的两个平声字都被孤立起

来,成了“|-|-|”的出律句。不可救的拗句,还有在五言仄起平收(①||--)句中,将第三、四字平仄互换,成了“①|-|-”,此句因平声被孤平,而成出律句,诗作中也较多。孤平、小拗、大拗和上述不可救的拗句,尽管所在句式、位置、是否必救、可救不可救和如何救等方面不同,但有一点相同,那就是句中所有的平声字都被仄声字分割开来、孤立起来了,这就是问题的症结所在。

还有一种出律句,并不是因平声字被孤立而成,例如三平脚和三仄脚的句子。有人问,两者有两个或三个相连的平声字,不就成了律句吗?回答是,“鸡是两条腿的动物”这个命题准确,它的逆命题“两条腿的动物是鸡”就不准确了,而它的逆否命题“不是两条腿的动物就不是鸡”却是准确的。同理,如上所述“律句至少有一处是两个平声字相连的”,它的逆命题“有两个平声字相连的句子是律句”是不准确的,而它的逆否命题“没有一处是两个平声字相连的句子,就不是律句”却是准确的。还有人认为,所谓“孤平”,是指除韵脚外,只有一个孤立的平声字;而七言“-||-||-”,除韵脚外,有了两个孤立的平声字,就不是孤平了。我们先看前面提到的“|-|-|”,有了两个被孤立的平声字,却是出律句,即使成七言,首字改用平声,成了“-||-|-|”,有了三个被孤立的平声字,也改变不了此句出律的性质。再看五言仄起仄收(①|--|)句中,如第四字或三、四字都用仄声,为大拗句,成七言时,前面加个“平平”头,也没能救大拗,还得将对句七言第五字改用平声来救,如杜牧《江南春》中“南朝四百八十寺,多少楼台烟雨中”就是如此。尹贤先生《诗词写作指导》书中孤平的定义是:“除韵脚外仅一平声,七言首字不论不计。”尽管他沿用了孤平旧义,没有说清孤平的实质,但是他把“七言首字不论不计”讲明白了,就是说五言平起平收(--||-)句中,如第一字

用仄，成了“|-||-”，加个“平仄”头成七言句“-||-||-”，也改变不了其孤平的性质。《中华诗词》常务副主编赵京战先生《诗词韵律合编》书中明确指出：七言仄起平收(①|--①|-)句中，如果第一字用平声，第三、第五字用仄声，除韵脚外，仍有第一、第四两个平声字，但这句却是典型的孤平。孤平、大拗和某些出律句，是在五言句中定性的，加个“平平”头或“平仄”头成七言句，如果这个头中的平声字要论要计的话，那么这些七言句中也就不复存在孤平、大拗和某些出律句了。孤平与三平脚同为诗家大忌。诚然，能从古人格律诗中找到一些孤平(含“-||-||-”)和“三平脚”的例句，然而不宜据此引为定则。须知格律诗是逐步发展和不断完善的；再说古人觅得奇句，偶一出律，也是有的；甚至可避而偶误，也不是没有可能的。

注：此文发表于2009年第2期《南通诗词》。

诗韵浅说

近体诗押韵是根据“诗韵”的，这要从《切韵》谈起。《切韵》是隋代陆法言等人在总结前代韵书的基础上编成的一部韵书，完成于隋仁寿元年(601)。唐天宝十年(751)孙愐重新刊定《切韵》，编成《唐韵》，分205韵。宋代陈彭年、丘雍等人奉诏修《广韵》，分206韵。宋代丁度等人奉诏重修《广韵》，在宝元二年(1039)编成《集韵》，也分206韵。金人平水书籍(书籍，官职)王文郁编《平水韵略》，成于金正大六年(1229)，分为106韵，现存清代抄本。宋代江北平水人刘渊，在淳祐壬子年间(1252)编成《壬子新刊礼部韵略》，分107韵，此书已失传。元代阴时夫编的《韵府群玉》，合并了刘渊韵书个别韵部,分为 106 韵,与王文郁《平水韵略》相同。清代张玉书等人奉诏在康熙五十年(1711)编成《佩文韵府》,同时又编了《佩文诗韵》,它是《佩文韵府》的简化本,这两部“官韵”也分 106 韵,以康熙书斋“佩文”命名。现在所用的《平水韵》,依据的就是《佩文诗韵》,仅有编排顺序和简体繁体的区别。以上略述诗韵情况,依据的是赵诚《中国古代韵书》。

上述韵书都是《切韵》系统的韵书,它们反映的是汉语中古时期的语音系统,在近体诗领域里一直沿用下来。之所以被视为“正统”韵书,是因为受到过去的科举制度和文化教育制度的保护,学童、士人、官僚在读书、应试、作诗、行文时都要通用它。可是,它与现代汉语的语音有很大的差别。例如:玩,现代汉语读平声(阳平),古汉语诗词上用,是仄声(去声),翰韵(去声十五),与“腕”同音;抒,现代汉语读平声(阴平),古汉语诗词上用,是仄声(上声),语韵(上声六),与“暑”同音。不仅声调有变,韵母也有变。例如:盲,现代汉语读“忙”,韵母 ang,古汉语诗词上用,读“盟”,韵母 eng,入庚韵(下平八);宏,现代汉语读“洪”,韵母 ong,古汉语诗词上用,读“衡”,韵母 eng,入庚韵(下平八)。此等变化,不胜枚举。尤其是《平水韵》里的入声,在普通话里已不复存在,这是《平水韵》与普通话诗韵的最根本的区别。元代以来,作北曲用的《中原音韵》,已无入声。清代以来,民间流行的“十三辙”(直到 1936 年,张洵如整理的《北平音系十三辙》才出版),与现代普通话的语音系统是一致的,也无入声,为近代和现代写京剧、新诗和民歌所用韵书。再说诗韵从《切韵》到《平水韵》,从二百多部韵到一百多部韵,也是沿中有革,并非一成不变。今人又何必视《平水韵》为圭臬而泥古不化呢!

当代诗词应当使用何种声韵,从二十世纪八十年代中期开始,一直是争论的话题。2001 年 2 月，中华诗词学会制订的《21 世纪初期中华诗词发展纲要》，对这场争论作出正确的总结："诗韵改革，势在必行。"用现代汉语的音韵写格律诗，是时代的要求，历史的必然。经过三年研讨，2004 年第 5 期《中华诗词》刊出了《中华新韵》（十四韵）以试行。此新韵与《十三辙》大同小异，只是将《十三辙》中的"支齐"辙，分为"支"和"齐"两个韵部。《中华新韵》略示如下：一、麻[a，ia，ua]；二、波[o，e，uo]；三、皆[ie，üe]；四、开[ai，uai]；五、微[ei，ui（uei）]；六、豪[ao，iao]；七、尤[ou，iu（iou）]；八、寒[an，ian，uan，üan]；九、文[en，in（ien），un（uen），ün（üen）]；十、唐[ang，iang，uang]；十一、庚[eng，ing（ieng），ong（ueng），iong（üeng）]；十二、齐[i，er，ü]；十三、支[-i]零韵母；十四、姑[u]。所谓"零韵母"，即无韵母，在拼音字母中，当声母"zh，ch，sh，r，z，c，s"单独组成一个音节，代表一个字时，在声母后面虚设"i"，并不与声母拼读。在注音字母中，该音节只注声母，没有韵母。第十三部"支"韵，既无韵母，就谈不上与其他韵部押韵，《中华新韵》将它单列一部是有道理的。《纲要》所定声韵改革的方针是："倡今知古"，"双轨并行"。《中华诗词》曾在卷首语中声言，写近体诗，可用《平水韵》《中华新韵》（须在题后注明"新声韵"），或放宽到词韵，然一首诗中，新旧韵不能混用，押新韵的诗中，不得以旧声调定平仄。目前，《中华诗词》上发表的诗作，大多是放宽到词韵的作品。

许多人认为，诗韵放宽到了词韵，何必倡导新声韵呢？诚然这种韵放宽了的诗，克服了一些音韵不谐的问题，向新韵靠近了一步，但是并未从根本上解决音乐美缺失的问题。从根本上说，词韵（《词林正韵》或《词韵新编》）不过是《平水韵》的合合分分，仍保留了《平水韵》的语音系统（即中古语音系统）。虽然在某些韵部上与普通话诗韵靠近了,但与普通话实际的差距依然存在。就拿词韵第三部来说,新韵就分属五微、十二齐、十三支三个韵部,用词韵第三部写的诗,很不和谐。尤其是词韵入声各部,与普通话更是格格不入。用入声韵填的词,用普通话读起来,就不押韵了。更何况不少人将入声韵一律通押,简直是“乱弹琴”。可见,诗韵放宽到词韵,仍然存在音乐美缺失的问题。有人质疑,用新声韵后,词谱规定宜用入声韵的词怎么好填?我认为可用今去声韵代替古入声韵,用普通话读起来,既和谐,又不失激越。

至今,仍有许多诗友把《诗韵新编》(18韵,1965年中华书局上海编辑所编辑,上海古籍出版社出版)作为写近体诗用韵范本,这是值得商榷的。此韵书虽以现代语音为主要依据,然而与《中华新韵》在韵部划分上仍有较大差距,更主要的是此书保留了入声韵,将入声字归入各部,与上声、去声并列为仄声部分。这是对入声字和非入声字在声韵上搞了“双重标准”。这种“双重标准”的症结在于对入声的留恋,认为去掉入声就失去了诗词的原味和魅力。其实,入声并非诗词的命根子,如贾宝玉的“通灵玉”那样。普通话不存在入声,这是历史演变的结果。广大青少年儿童讲惯了普通话,特别是儿童,已不会讲当地方音,更读不出那“短促、急收、不可延长”的入声,何来入声的“魅力”?诗词要走向校园,要后继有人,就必须先搬开“入声”这个“拦路虎”,让他们先从新声韵入门,他们知道了新韵各部的韵母,没有韵书,也能按新韵写诗。入门以后,再逐步了解旧韵,做到“倡今知古”。如果死抱住“入声”不放,一味排斥新韵,那么不仅故步自封,更会使诗词后继乏人。还有,《诗韵新编》在后期的版本中提出前鼻音与后鼻音可通押的观点,理由是宋朝诗词中有一些此种现象,于是为当今不少人遵行。须知,尽管前鼻音和后鼻音的出音渠道都通过鼻腔，可是发音部位不同，前鼻音的发音部位是舌尖抵齿龈，而后鼻音的发音部位是舌根抬起抵软腭。用汉语拼音注音，韵母可分为韵头、韵腹和韵尾三个部分，韵母中开头的 i、u、ü 称为韵头，韵头后面的元音部分称为韵腹，它是韵母发音的主部，韵腹后面的辅音部分，即 n、ng，称为韵尾，韵腹和韵尾合称韵身，韵身相同的字，发音取同一收势，读起来和谐，是押韵的，而前鼻音和后鼻音韵身不同，是不押韵的。用注音字母注音，韵头称为介母，没有韵尾，韵母即韵身，韵母相同，自然同韵，而前鼻音和后鼻音韵母不同，当然不能押韵。再说，无论是《中华新韵》，还是《平水韵》《词林正韵》和《中原音韵》，前鼻音与后鼻音都是不能通押的。只是在南方方音中，多有前鼻音与后鼻音不分的情况。今天，以普通话来衡量，前后鼻音混押，听起来不悦耳，应分开押韵。总之，当代诗词只有走普通话新韵之路，才能继承和发扬古典诗词固有的音乐美，增强自身的艺术魅力和发展后劲。

注：此文发表于 2013 年第 1 期《南通诗词》。

略谈近体诗的句式变化

学作近体诗，必先学造句。造句之法，不仅炼字要妥帖，对偶句中属对要工整，而且句式要富于变化，务使句子轻灵流动，绝不板滞。至于句式变化的轨迹，我们可从前人绝句律诗中揣摩得之。

先看五言近体诗。五言近体诗的常用句式是上二下三字句，如："青山横北郭，白水绕东城。"（李白《送友人》）"渡头余落日，墟里上孤烟。"（王维《辋川闲居赠裴秀才迪》）"独有宦游人，偏惊物候新。”（杜审言《和晋陵陆丞早春游望》）五言近体诗的变化句式有四种。其一，五言上一下四字句，如：“青惜峰峦过，黄知橘柚来。”（杜甫《放船》）“碧知湖外草，红见海东云。”（杜甫《晴》）杜甫用一表色彩的词放在句子的开头，再用一动词引入实物，词序倒置后，反而显得自然、贴切，而又新鲜，如果将表色彩的词顺着放在句末，就索然无诗味了。又如：“寺忆曾游处，桥怜再度时。”（杜甫《后游》）寺和桥都是曾游之处，再游更生爱怜之情，两句均采用一四字句，将原本名词宾语的“寺”和“桥”提到动词谓语“忆”和“怜”前，既突出游览的处所，又将对景物的深厚情感和盘托出，更点出后游在感情上的深进。再如：“露从今夜白，月是故乡明。”（杜甫《月夜忆舍弟》）这两句要说的不过是“今夜露白”，“故乡月明”，只是将词序颠倒，把“霜”和“月”分别放在句首，造了两个一四字句，语气便分外矫健有力，王得臣说：“子美善于用事和用常语，多离析或倒置，则语健而体峻，意亦深隐。”（《尘史》）由此可见杜甫化平板为神奇的本领。其二，五言上三下二字句，如：“松风吹解带，山月照弹琴。”（王维《酬张少府》）此两句中“解带”和“弹琴”的主语“人”均被省略了，成了两个上三下二字句的紧缩复句，如此，突出了“松风”和“山月”的似通人意，使情与景相生，意和境相谐，主观和客观融为一体，这就大大增强了诗的形象性和艺术感染力。又如：“泉声咽危石，月色冷青松。”（王维《过香积寺》）这两句顺着说，是“危石咽泉声，青松冷月色”，属上二下三字句，此中的“咽”字和“冷”字均为使动用法。而王维为了突出入耳的泉声和触目的月色，且使句子合于韵律，则用了因果倒装句，成了上三下二字句，可解为“泉声咽（因）危石，月色冷（因）青松”。他将香积寺的环境幽冷绘声绘色地突现在读者面前，使人耳目一新。其三，五言上四下一字句，如：“雨中山果落，灯下草虫鸣。”（王维《秋夜独坐》）动词“落”和“鸣”均置于句末，读来语重愁长，突现这无知的草木昆虫同有知的人一样，都在无情的时光的消逝中零落哀鸣。此句如改成上二下三字句“雨中落山果，灯下鸣草虫”，所蕴含的诗味和表现的力度就逊色多了。又如：“山从人面起，云傍马头生。”（李白《送友人入蜀》）此联两个动词“起”和“生”均放在句末，铿锵有力，掷地有声，突现了栈道的狭窄、险峻和高危，想象诡异，境界奇美，气韵飞动。此句如换成上二下三字句“山起从人面，云生傍马头”，就黯然失色了。再看形容词置于句末的上四下一字句，如：“山月临窗近，天河入户低。”（沈佺期《夜宿七盘岭》）此联写夜宿所见的远景，句末两个形容词“近”和“低”，突现出“高卧”的情趣和意境，也是移动不得的。又如：“大漠孤烟直，长河落日圆。”（王维《使至塞上》）此联写塞外奇特壮丽的风光，画面开阔，意境雄浑。出句末一个“直”字，突显出景物的劲拔、坚毅之美，无理而妙；对句末一个“圆”字，给人以亲切温暖而又苍茫的感觉，似俗实雅。此二字是换不得，更移不动的，近人王国维称之为“千古壮观”的名句，实不为过。其四，五言一句三顿折句：①五言二一二字句，如：“尘中老尽力，岁晚病伤心。”（杜甫《病马》）又如：“人烟寒橘柚，秋色老梧桐。”（李白《秋登宣城谢朓北楼》）②五言二二一字句，如：“鸡声茅店月，人迹板桥霜。”（温庭筠《商山早行》）又如：“细草微风岸，危樯独夜舟。”（杜甫《旅夜书怀》）此二例属意象脱节，每句诗全用实体性的名词意象（含名词前的附加修饰成分）拼接浓缩而成，语不及而意接，在密集的意象里透发出空灵的韵致。

再看七言近体诗。七言近体诗的常用句式是上四下三字句，如：“上林苑里花徒发，细柳营前叶漫新。”（杜审言《春日京中有怀》）又如：“烟笼寒水月笼沙，夜泊秦淮近酒家。”（杜牧《泊秦淮》）

七言近体诗的变化句式有五种。其一，七言上一下六字句，如："窗含西岭千秋雪，门泊东吴万里船。"（杜甫《绝句》）此联两句均是一字名词作主语，后面一个动宾词组。又如："名高北斗星辰上，身堕南州瘴海间。"（王庭珪《送胡邦衡之新州贬所》）此联两句均是一字名词作主语，后面一个动补词组，出句中的"高"为形容词活用作动词，此句解作"名高（居）于……之上"。其二，七言上二下五字句，如："宁为宇宙闲吟客，怕作乾坤窃禄人。"（杜荀鹤《自叙》）"已觉逝川伤别念，复看津树隐离舟。"（王勃《秋江送别》）此二例七言句中，关联词语在上二字之首，构成流水对。又如："晓镜但愁云鬓改，夜吟应觉月光寒。"（李商隐《无题》）此联关联词语在下五字之首，也构成流水对。再如："人闲易有芳时恨，地迥难招自古魂。"（韩偓《春尽》）此联两句，上二字表因，下五字表果，未用关联词。而"停车坐爱枫林晚"（杜牧《山行》）此句上二字表果，下五字表因，句中"坐"字即关联词"因"。前后为承接关系的句子，如："欲饮琵琶马上催"（王翰《凉州词》）在西域胡人心中，琵琶本来就是骑在马上弹奏的，在大家"欲饮"未得之时，乐队奏起了琵琶，那急促欢快的旋律，像是在催促将士们举杯痛饮，此句改变了习用的音节，采取上二下五的句法，着意渲染一种欢快宴饮的场面，更增强了它的感染力。再看上二字表陈述对象，并非下五字陈述内容的施事者，如："画栋朝飞南浦云，珠簾暮卷西山雨。"（王勃《滕王阁诗》）上句"画栋"非"朝飞南浦云"的施事者，仅表处所，极言滕王阁"居高"罢了；下句"珠簾"亦非能施事（卷）西山雨，只是用夸张手法，极言滕王阁"临远"而已。其三，七言上三下四字句少见，如："渔人网集澄潭下，贾客船随返照来。"（杜甫《野老》），又如："为他人作嫁衣裳。"（秦韬玉《贫女》）。其四，七言上五下二字句也少见，如："五更鼓角声悲壮，三峡星河影动摇。”（杜甫《阁夜》）。其五，七言一句三顿折句：①七言二二三字句，如：“盘飧市远无兼味，樽酒家贫只旧醅。”（杜甫《客至》）“楼船夜雪瓜洲渡，铁马秋风大散关。”（陆游《书愤》）后联为意象脱节句。②七言一三三字句，如“把坏心思磨粉碎，到新天地作环游。”（当代诗家聂绀弩《推磨》）用拗折崛健的句式，以诙谐自嘲的笔调，化辛酸为一笑。

至于近体诗的句式运用，要视表达内容、表达需求和语言环境等多种情况而定。就拿语言环境的特定要求来说，律诗的颔联和颈联一般需运用不同句式，方能气韵流动。毛泽东同志给我们作了很好的示范。在季世昌先生所编《毛泽东诗词鉴赏大全》所载近二十首律诗中，就有十几首律诗的颔联和颈联运用不同句式。限于篇幅，仅举几例为证：《送瘟神》（其一）颔联“千村薜荔人遗矢，万户萧疏鬼唱歌”为上四下三字句，而颈联“坐地日行八万里，巡天遥看一千河”为上二下五字句；《送瘟神》（其二）颔联“红雨随心翻作浪，青山着意化为桥”为上二下五字句，颈联“天连五岭银锄落，地动三河铁臂摇”为上四下三字句；《和周世钊同志》颔联“风起绿洲吹浪去，雨从青野上山来”为一句三顿折句（一三三字句），颈联“尊前谈笑人依旧，域外鸡虫事可哀”为上四下三字句；《长征》颔联“五岭逶迤腾细浪，乌蒙磅礴走泥丸”为上四下三字句，颈联“金沙水拍云崖暖，大渡桥横铁索寒”为上六下一字句；《到韶山》颔联“红旗卷起农奴戟，黑手高悬霸主鞭”为上二下五字句，颈联“为有牺牲多壮志，敢教日月换新天”为上一下六字句，成流水对；《答友人》颔联“斑竹一枝千滴泪，红霞万朵百重衣”为上四下三字句，颈联“洞庭波涌连天雪，长岛人歌动地诗”为上三下四字句。从以上例句可见，毛泽东同志的律诗两联对仗句句式变化多端，挥洒自如，气韵飞动，行神如空，行气如虹,古今诗人莫能及此。就他的几首颔联与颈联句式相同的律诗而言,因上下联语法结构迥异,故绝无板滞之感。今人作近体诗,多将常用句式视作固定的模式,而不知变化。不少人所作律诗的颔联和颈联不仅句式相同,而且语法结构也一样,显得呆板淤滞,毫无生气活力。要表现丰富多彩的现代生活,难免引进一些新的词语,如果只用一种固定的句式,有时就会觉得方枘圆凿,难以契合。当然,初学作近体诗,宜先习常用句式,后习变化句式。至于用常用变,不要刻意追求,当以自然为好。关于近体诗的句式变化,前人已给我们很多有益的启示,我们当循迹探索,逐步掌握变化规律,方能得心应手,运用自如。

注:此文发表于2010年第4期《江海诗词》。

浅谈近体诗的章法变化

写作近体诗不仅要讲求格律,更要讲究章法,务使诗章层次分明而又浑然一体。

一、近体诗的常规章法——起承转合法

1.作诗起笔,有明起、暗起、陪起、反起之别。明起者,开口即就题之正意说起;暗起者,不就题面说而题意自见;陪起者,先借他物说起,以引申所咏之物;反起者,不说题之正面,而是从题之反面着笔。起笔尤以来势突兀为胜。

2作诗承笔,或写意,或写景,或写事,用事,引证,要与起笔衔接,抱而不脱。

3.作诗转笔,就承笔之意,转换以言之。其法有三:①进一层转，如李商隐《咏史》：“北湖南埭水漫漫，一片降旗百尺竿。三百年间同晓梦，钟山何处有龙盘？”第三句是进一层转，囊括六朝三百年耻辱的历史，恰似凌晨残梦，自然呼出合笔“钟山何处有龙盘？”的反诘。②推一层转，如王昌龄《芙蓉楼送辛渐》：“寒雨连江夜入吴，平明送客楚山孤。洛阳亲友如相问，一片冰心在玉壶。”第三句是宕开一笔，制造悬念，王昌龄托辛渐给洛阳亲友带去的口信不是通常的报个平安，而是传达自己依然冰清玉洁、坚持操守的信念，比任何相思言辞更能表达他对洛阳亲友的深情，是别开生面，另有深意的。③反转：a.反差式反转，如李商隐《贾生》：“宣室求贤访逐臣，贾生才调更无伦。可怜夜半虚前席，不问苍生问鬼神。”第三句承转交错，是全诗关纽。承，即所谓“夜半前席”，从起句“求”“访”，到承句赞扬贾生，再到文帝“前席”（“不自知膝之前于席”），对汉文帝虚心垂询，凝神倾听，作了形象传神的描绘，而“转”也就由“可怜”（可惜）同时轻轻拨转，并由“虚”（空自、徒然）作冷嘲，这一叹一讽，好比相声中的扣扣子，引而不发，留下悬念，而结句“不问苍生问鬼神”，就像相声中的抖包袱，引满而发，一箭中鹄。b.假定式反转，如杜牧《赤壁》：“折戟沉沙铁未销，自将磨洗认前朝。东风不与周郎便，铜雀春深锁二乔。”第三句从反面落笔，发出反思假想，反转直下，得出胜败易位，历史改写的结论。c.力排众议式反转，如罗隐《雪》：“尽道丰年瑞，丰年事若何？长安有贫者，为瑞不宜多。”第三句为反转，诗人站在广大贫苦百姓的立场上，对天诉说，为民请命，从“瑞雪兆丰年”的常论中，逆推出“为瑞不宜多”的反常结论，令人触目惊心。转笔总以能前后呼应，活而不板者为佳。

4.所谓合笔，就是收合、结尾，可以是综合前文作结，也可宕开一步或透过一层作结，总以“言有尽而意无穷”为佳构。唐人作诗谋篇,并未定章法,起承转合法,是元人扬载在其《诗法家数》中,据前人近体诗的多数情况,归纳出来的常规章法。清初大儒王夫之对于元人所说律诗四联依次是起承转合颇为反感,他说:"起承转合,一法也。试举初盛唐律验之,谁必株守此法者?"(《姜斋诗话》)他承认起承转合是律诗的一种章法,但不可执一以求,还有别的章法,这个观点是正确的。

二、近体诗的一些变化章法

1.行云流水法

唐诗一些大家的诗往往一气呵成,如行云流水。如王维《终南别业》:"中岁颇好道,晚家南山陲。兴来每独往,胜事空自知。行到水穷处,坐看云起时。偶然值林叟,谈笑无还期。"此诗"偶然"二字贯穿上下,处处都是无心的遇合,更显出心中的悠闲,如行云自由舒卷,似流水放任流淌,形迹无拘无束,诗人天性淡逸,超然物外的风采跃然纸上,如果硬要搞出个"转"来,倒是大煞意境了。他的《出塞作》《过香积寺》等等亦然。又如杜甫《春夜喜雨》:"好雨知时节,当春乃发生。随风潜入夜,润物细无声。野径云俱黑,江城火独明。晓看红湿处,花重锦官城。"此诗有起有承有结,而无转语,一气呵成。再如白居易《钱塘湖春行》:"孤山寺北贾亭西,水面初平云脚低。几处早莺争暖树,谁家新燕啄春泥。乱花渐欲迷人眼,浅草才能没马蹄。最爱湖东行不足,绿杨阴里白沙堤。"此诗以"孤山寺"起,以"白沙堤"终,从点到面,又由面到点,中间转换,如行云流水,浑然无迹。绝句如李白《望庐山瀑布》:"日照香炉生紫烟,遥看瀑布挂前川。飞流直下三千尺,疑是银河落九天。"此诗一笔挥洒,想落天外,万里一泻,浑然天成。又如张旭《桃花溪》:"隐隐飞桥隔野烟,石矶西畔问渔船。桃花尽日随流水,洞在清溪何处边?"此诗第二至四句都是承，并无“转、结”。行云流水式的近体诗较多，此乃近体诗章法的最高格，岂可胶柱鼓瑟，执“转”以求。

2.倒叙法

所谓倒叙法，乃是从意脉结构上打破常规顺序，颠倒过来表述，或先写结果，后反向点明原因，或先说后面发生的事，再说前面的事。因果倒叙的，如晚唐金昌绪的《春怨》：“打起黄莺儿，莫教枝上啼。啼时惊妾梦，不得到辽西。”诗意蝉联而下，后句说明前句，环环相扣，珠圆玉润，一气呵成。先后倒叙的，如张继《枫桥夜泊》：“月落乌啼霜满天，江枫渔火对愁眠。姑苏城外寒山寺，夜半钟声到客船。”此诗如顺着说，该先说睡不着觉，再说听到夜半钟声，最后说天亮前的月落乌啼。而此诗采取倒叙手法，最后才说到“夜半钟声到客船”，这是因为诗人在枫桥夜泊中得到的最鲜明深刻、最具诗意美的印象就是寒山寺的夜半钟声，为了突出这个重点，故将其置于篇末。这样做，不仅衬托出夜的静谧和清寥，而且给人留下广阔的想象空间，诗人卧听疏钟时的种种难以言传的感受尽在不言之中，更启发人对人生的回忆和反思。这种章法，可以化平淡为奇峭，化板滞为跳脱，为不少诗人所采用。

3.对比法

把性质相反的两件事或情况迥异的两种景，写在一首诗中，进行对比，以突出事物的本质特征，增强鲜明性和表现力，叫作对比法。如李白《越中览古》：“越王勾践破吴归，义士还家尽锦衣。宫女如花满春殿，只今惟有鹧鸪飞。”和《苏台览古》：“旧苑荒台杨柳新，菱歌清唱不胜春。只今唯有西江月，曾照吴王宫里人。”此两诗都是览古之作，主题相同，题材近似，章法均为对比法，而表现手法又各自不同。越中一首，前三句竭力渲染昔日之繁华，而以结句写今日之荒凉抹杀之,今昔均为实写;苏台一首,则着重实写今日荒凉,以虚写暗示昔日之繁华,以古今不变的月亮来衬托变幻无常的人事,今衰昔盛之感自见。两诗均无转语,均不作议论,而题旨自明。

4.并列对合法

绝句中有一种“一句一意”的格调,即用两组对偶句分别写四个事物或分别写一个事物的四个方面,此章法叫“并列对合法”。它最初起源于晋代《四时咏》(“春水满四泽,夏云多奇峰。秋月扬明辉,冬岭秀孤松。”)杜甫精于对偶,最喜运用此体格,而不见板滞,如他的“日出篱东水,云生舍北泥。竹高鸣翡翠,沙僻舞鹍鸡。”(《绝句六首》之一)“江月去人只数尺,风灯照夜欲三更。沙头宿鹭联拳静,船尾跳鱼拨剌鸣。”(《漫成一首》)“糁径杨花铺白毡,点溪荷叶叠青钱。笋根雉子无人问,沙上凫雏傍母眠。”(《绝句漫兴九首》其七)“迟日江山丽,春风花草香。泥融飞燕子,沙暖睡鸳鸯。”(《绝句二首》其一),还有大家熟知的绝句“两个黄鹂鸣翠柳”等等。这些诗对仗工整,但又自然流畅,清丽工致,浑无拼迹,形成一个统一完美的意境,融为一幅完整的图画。

5.意识流法

有些诗着重抒写主人公的心理活动,事件与场景的描述常常打破时空顺序,而随心理活动的流程交错展现,这种章法就叫“意识流法”。如李商隐的《无题二首(其一)》:“昨夜星辰昨夜风,画楼西畔桂堂东。身无彩凤双飞翼,心有灵犀一点通。隔座送钩春酒暖,分曹射覆蜡灯红。嗟余听鼓应官去,走马兰台类转蓬。”首联明写昨夜,实际上暗含由今宵到昨夜的情景联想与对比;颔联似应续写昨夜,却突然回到今夕相隔的现境;颈联似乎是描绘诗人所历实境,实际上是因身受阻隔而对意中人处境的想象；末联再回到自身。这样大幅度的跳跃，显得断续无端、变幻迷离，将爱情受隔的怅惘与身世飘蓬的感叹融合起来。又如李商隐的《夜雨寄北》："君问归期未有期，巴山夜雨涨秋池。何当共剪西窗烛，却话巴山夜雨时。"此诗随心里活动流程交错展现时空，有今日巴山夜雨之时空，有他日剪烛西窗之时空，在剪烛西窗之时空中，又有今日巴山夜雨之时空。在时空交织中，除了此时此地及彼时彼地的时空对映外，又互为回环错综，虚实相生，往复多姿，曲折缠绵，空灵含蓄。

以上五种变化章法，只是对古人诗章的初步归纳，难免以偏概全。至于钱明锵先生在其《绝句布局八法》(2005 年第 7 期《中华诗词》、2010 年第 1 期《中华诗词学会通讯》)中，将"承对合用法""先景后议法""先议后景法"和"末句寓情于景法"作为变化的章法，与起承转合法并列，而忽略了"行云流水法"等用得较多的章法，这是值得商榷的。因为对偶只是一种修辞手法，而非章法。我前面所举"并列对合法"之所以成为一种变化章法，是因为绝句的四个句子是并列关系，而非因用了对偶。不能认为绝句两联中有一联或两联对偶，就是无转语的章法。承对合用的绝句，可以是无转语的，也可以是有转语的。试看杜甫《江南逢李龟年》："岐王宅里寻常见，崔九堂前几度闻。正是江南好风景，落花时节又逢君。"此诗前面两句是对起，一"见"一"闻"，第三句不是承，而是转，第四句结。"正是"和"又"两个虚词一转一跌，在字里行间寓藏着无限感慨，江南好风景，恰恰成了离乱时世和沉沦身世的有力反衬。写景和议论，是两种写作手法，也非章法。先景后议也好，先议后景也好，有转无转，要看具体情况而定。例如前文所引李商隐《咏史》就是先景后议，第三句为转语。再看李商隐《谒山》："从来系日乏长绳，水去云回恨不胜。

欲就麻姑买沧海，一杯春露冷如冰。”是先议后景，第三句推一层转，在诗人想象中，“逝者如斯”的时间之流，最后都汇集于大海，买下了沧海，也就控制了全部时间，不再有水去云回之恨了。至于末句寓情于景的近体诗，也不一定是无转语的，如王维《酬张少府》：“晚年唯好静，万事不关心。自顾无长策，空知返旧林。松风吹解带，山月照弹琴。君问穷通理，渔歌入浦深。”此诗首联起，颔联、颈联承，第七句推一层转，第八句合，以不答作答，勾出一幅清雅淡远的画面，让人细味其“韵外之致”“味外之旨”。

总之，指出近体诗章法的一般规律，是为了初学诗词者有法可依，但在分析具体作品和创作实践中，不能舍此莫是、生搬硬套、削足适履，须求正容变，师法而不泥于法。明人李东阳说得好：“律诗起承转合，不为无法，但不可泥。”（《升庵诗话》）清人沈德潜云：“不以意运法，转以意从法，则死法矣。”（《说诗晬语》）所谓文无定法，于诗亦然。当我们熟练地掌握了常规章法后，就要以意运法，超常发挥，别出机杼，有所变化，有所创新。这样，我们的近体诗苑中，才能百花争艳，常开常新。

注：此文发表于2011年第2期《南通诗词》。

空灵浅说

空灵是传统美学对于诗歌创作的要求，指意象的玄妙、神思的飘逸、境界的高远深邃、笔触的洒脱多姿。唐代诗论家司空图在《二十四诗品》中曾用“如将白云，清风与归”来形容空灵之境的超凡脱俗，出神入化。欲探其境，可从阅读比较中逐步感悟。试比较韦应物的“窗里人将老，门前树已秋”，白居易的“树初黄叶日，人欲白头时”，司空曙的“雨中黄叶树，灯下白头人”。韦诗陈述式，言止意尽；白诗描述式，较韦诗形象；司空诗映出式，采用电影蒙太奇手法，将“黄叶树”与“白头人”两个镜头叠加，意象玄妙，比兴兼用，使读者产生不局限于意象本身的丰富而广阔的联想。谢榛在《四溟诗话》中评价：“三诗同一机杼，司空为优：善状目前之景，无限凄感，见乎言表。”再比较徐凝和李白咏庐山瀑布的绝句。徐凝诗云：“虚空落泉千仞直，雷奔入江不暂息。今古长如白练飞，一条界破青山色。”李白诗云：“日照香炉生紫烟，遥看瀑布挂前川。飞流直下三千尺，疑是银河落九天。”苏轼游庐山，见二人诗，作一绝云：“帝遣银河一派垂，古来唯有谪仙词。飞流溅沫知多少，不为徐凝洗恶诗。”褒贬有如天壤之别。究其因，徐诗失之太实，板滞局促，意味索然；李诗神思飘逸，空灵奔放，余味无穷。

欲达空灵佳境，可从多方面努力。

一、追求神似

首先要善于对笔下的对象作整体性的感受和把握，能在高屋建瓴中追求神似，让诗人的想象力在更高的层次上纵横驰骋。如“黄河之水天上来，奔流到海不复回”，如此雄壮景象，定非肉眼可以穷极，李白想落天外，语带夸张，在空灵中挥洒着他的雄浑。如果对黄河如实地作地面上的描绘，那就完全失去势不可挡、势不可回的气势和魅力。此种写法叫作遗貌取神法，就是略形貌而取神骨。它要求诗人在描绘物象时，放弃形似的追求，而力图捕捉、传达事物的神情、韵致。我国古典诗歌中有不少优秀作品体现了这一超形以得神、复由神以涵形的创作原则。试看王维《少年行》诗云：“新丰美酒斗十千，咸阳游侠多少年。相逢意气为君饮，系马高楼垂杨边。”

诗人没有着力刻画少年的外貌，而是突出了他们风流潇洒、豪放不羁的神韵。分寸不失，神韵不存。诗人有时还会通过“变形”来获得遗貌取神的艺术效果。如杜甫《古柏行》诗中对武侯庙里的古柏树这样描写：“霜皮溜雨四十围，黛色参天二千尺。”现实生活中哪会有如此形状的柏树？然而正是在变形的描绘中，古柏高大挺拔的气势才显示了出来，增强了“古来材大难为用”的感慨，加深了借古柏以自咏怀抱的正意。刘勰指出：“神道难摹，精言不能追其极；形器易写，壮辞可得喻其真。”当然，遗貌取神并不是意味着可以全然弃形，遗貌还得具有一定的具象因素。只有“形”制约、指向“神”，“神”才能反过来丰富、充实“形”。

再看宋代词人周邦彦《苏幕遮》词云：“叶上初阳干宿雨，水面清圆，一一风荷举。”清人王国维盛赞：“此真能得荷之神理者。”所谓“神理”，也就是神韵。满池新荷清丽喜人、蓬勃向上的盎然生机和那在微风中摇曳生姿、媚态可掬的神韵跃然纸上，真可谓形神兼备。形与神二者的关系是互相联系、互相渗透、互相转化的对立统一关系。形神兼备是这种矛盾的统一体，而矛盾的主导方面则在“神”。“神”是诗中的灵魂，“形”则是“神”的载体，二者是互相依存、相依为命的，这个“命”也就是诗的生命。

二、虚实相生

明焦竑曾说：“诗有虚有实，虚者其宗趣也，实者其名物也。”这是说诗歌非实不足以阐发本义，即无真意；非虚不足以摇曳神情，即无灵气。但虚不可空泛，实不可呆滞，当虚实相生。据实构虚，是虚实相生的基本方法之一。这种方法是在叙写的基础上，或衬贴旁意，或推广余情，或援引往昔，或附带他事，总之，以想象与怀忆融会而造诗境。前引李白《望庐山瀑布》诗就是据实构虚的范例。再看王昌龄《送魏二》:“醉别江楼橘柚香,江风引雨入舟凉。忆君遥在潇湘月,愁听清猿梦里长。”首二句写送别之景,情寓其中。后二句似应归结到惜别之情,但诗人却将眼前情景推开,以“忆”字统领,从对面生情,为行人虚构了夜泊潇湘、梦中听猿的凄美境界,婉曲地流露诗人难以言传的惆怅别情。从虚实结合的外在结构上来看,以上二例是由实入虚,即由实景实境转入想象中虚设的景与境。而由虚入实,主要是通过神话、传说、梦境之类的虚象幻景导入现实。这是一种以虚写实,由幻见真的写法。如南宋词人蒋捷的《燕归梁·风莲》词云:“我梦唐宫春昼迟。正舞到、曳裙时。翠云队仗绛霞衣,慢腾腾,手双垂。　　忽然急鼓催将起,似彩凤,乱惊起。梦回不见万琼妃,见荷花、被风吹。”词人并未从正面入手径写荷花,却是巧借梦境,以美女的翩翩舞姿隐喻风动莲荷之神韵,虚实相映,意趣盎然。而在某些篇幅较长的诗篇中,虚写实写,常常交错进行,反复互转,此为参间虚实法。如李白的《梦游天姥吟留别》就是虚虚实实,反反复复,婉曲地表达了被赐金放还后复杂矛盾的心绪。此诗虚实相生,跌宕多姿,李白在空灵中尽情挥洒着他的雄浑和飘逸。

三、巧置意象

意象是客观的“象”映入诗人的大脑,再渗透诗人主观的“意”(情思)的色彩作能动地反馈,是诗歌中蕴含诗人感情色彩的事物形象。意象是构成诗歌形象与创造诗歌意境的基本要素。通过对意象的巧妙设置,诸如意象叠加、意象组合、意象脱节和意象跳跃等手法,使诗歌显得意境深远,空灵多姿。意象叠加,是指两个意象之间,在以重叠交加的方式,相辅相成地结合在一起之后,再创造出一个不同于未叠加之前的两个原有意象的新的意象或意境。正如爱森斯坦说的“两个蒙太奇镜头的叠加不是二数之和,而是像二数之积。”如前引司空曙的“雨中黄叶树，灯下白头人”就是意象叠加的范例。而超越时空的意象组合，是一种蒙太奇式的意象剪接与拼合。如杜甫《琴台》诗云：“茂陵（指司马相如）多病后，尚爱卓文君。酒肆人间世，琴台日暮云。野花留宝靥，蔓草见罗裙。归凤求凰意，寥寥不复闻。”诗中将司马相如与卓文君的爱情故事同其留下的遗址在今日的景象，超越时空地通过幻化联系在一起。特别是第三联“野花留宝靥，蔓草见罗裙”，看到琴台旁一丛丛美丽的野花，使作者联想到它仿佛是文君当年脸颊上的笑靥；一丛丛嫩绿的蔓草，仿佛是文君昔日所着的碧罗裙。诗中这种超越时空的花与貌、草与裙的蒙太奇意象组合，足以触发人们一往情深的情思与美好的遐想。意象脱节，是一种最为凝练精粹的诗歌意象表达方式，即在诗句中全用实体性的名词意象（或包含名词前的附加修饰成分）拼接浓缩而成的最简洁的诗句，省去了诸名词性的意象之间的关联词语，语不及而意接。如南宋诗人陆游《书愤》中的“楼船夜雪瓜洲渡，铁马秋风大散关”，乃是追忆南宋官兵也曾有过两次大败金兵的光荣历史，可惜南宋王朝坐失乘胜追击、一举收复中原的良机，只能留下千古遗恨。此联上下句均为意象脱节句，而两句间又呈现异时空的意象跳跃，跨度更大，内容更深广，诗人在密集的意象里透发出空灵的韵致，这不仅使诗中的意象更鲜明突出，而且还为读者提供了联想与想象的广阔天地和咀嚼回味的余地，真乃“留白天地宽”了。

四、空灵是同语言息息相关的

上引陆游诗句，从语言角度讲，就是突破了语言的线性序列。唐代诗人戴叔伦在其《除夜宿石头驿》中，将梁武帝《冬歌》中的诗句“一年漏将尽，万里人未归”改成“一年将尽夜，万里未归人。”将线性序列的言止意尽的陈述句，调动了词序，改成描述性的词组，点铁成金，给读者留下了广阔的想象空间，余味无穷，遂成名句。空灵诗词的语言，追求的是“言有尽而意无穷”，切忌太明白、太倾尽。李商隐的《锦瑟》诗云：“锦瑟无端五十弦，一弦一柱思华年。庄生晓梦迷蝴蝶，望帝春心托杜鹃。沧海月明珠有泪，蓝田日暖玉生烟。此情可待成追忆，只是当时已惘然。”这是诗人在空灵中弹拨他的奇幻。此诗言之有物，空灵而不空泛，有真切的感受，有丰富的内涵，有独特的发现，有奇丽的联想，有可望而不可置于眉睫之前的诗美。爱诗者乐道喜吟，成为李商隐最享盛名的代表作。

空灵之境，乃为化境。笔者愚钝，感悟甚浅，只是抛砖引玉而已。

注：此文发表于2009年第3期《江南诗词》。

评陶汉清《为李兵摄影作品配诗》

陶汉清先生的《圆陀角渔歌》《山村晨曲》和《月亮湾风情》三首题照诗，声韵合律，清新明朗，灵动自然，诗照媲美，相映生辉。请看第一首《圆陀角渔歌》：“朝阳如血染清波，浆影晨曦美梦多。待到春潮呼啸过，微风伴我唱渔歌。”此诗勾勒出一幅朝阳染波、扬帆待发、满怀希望、风送渔歌的声情并茂的美丽画图。稍有不足的是“晨曦”与“朝阳”意重，如将“浆影晨曦美梦多”改成“起桨扬帆载梦多”，则既避免了重复，又强化了动势，还赋予无形的“梦”以形感和质感。

第二首《山村晨曲》：“青山笼雾袅炊烟，染色红枫叶正翩。借得梯田三两亩，农耕过后拨丝弦。”第一，此诗写景能写入个人的胸襟怀抱,突出抒情主体。诗为心声,诗与小说、戏剧不同,一首诗的抒情主体就是诗人本身,需要充分投入个性,不能以公众的共同感情,来置换诗人抒情主体的地位。一首好诗,总可以看到作者的影子。此诗流露了诗人对远离尘嚣的山区农耕生活的向往和清雅的心性。第二,此诗用词力求贴切。“袅炊烟”的“袅”,本是形容烟气回旋上升的样子,此处将形容词“袅”活用作动词,是恰如其分的。如果仿照王维“墟里上孤烟”,写成“青山笼雾上炊烟”,反而不妥了。为何?请看:青山笼着缥缈的晨雾,枫叶在微风中翩翩起舞,此时山民晨炊的淡烟当悠悠地回旋上升,而不是直上云天。“青山笼雾袅炊烟”与“墟里上孤烟”异曲同工,同是恬静优美的乡村画图。此联的不足之处是下句“染色”与“红枫”杂糅,因普通枫树夏天叶绿,经秋霜才红,而有一种叫“红枫”的,夏叶也红,故此句可改为“霜染枫红叶正翩”。第三,此诗很讲究章法。前人云:“绝句之法,要婉曲回环,删芜就简,句绝而意不绝,多以第三句为主,而第四句发之。……大抵起承二句固难,然不过平直叙起为佳,从容承之为是。至于宛转变化功夫,全在第三句。若于此转变得好,则第四句为顺水之舟矣。”(《唐音癸签》卷三)以此衡量,此诗第三句“借得梯田三两亩”,转捩得法,一个“借”字,恰到好处,很有力度。第四句“农耕过后拨丝弦”就流淌而出,抒发了诗人对山村美景的陶醉,对远离尘嚣、躬耕自食、悠然抚琴、清静高雅的生活的向往。

第三首《月亮湾风情》:“舢板轻划过绿洲,盛装阿妹坐船头。阿哥难舍相思意,船到河心顺水流。”第一句平直叙起,第二句从容承之,第三句“阿哥难舍相思意”乃转捩之句,此句中“舍”是“放弃”的意思,于此景此情似有不妥,不如换上抑制的“抑”,改成“阿哥难抑相思意”,不仅贴切,更能开拓想象的空间。因“难抑相思意”,阿哥就呆呆地望着阿妹,以致忘了划桨,让船儿顺水而流;呆望呆想之不足,就口无遮拦,那滚烫的情话便顺口流淌;继而阿哥阿妹也许会情不自禁地深情对歌:“妹妹你(我)坐船头,哥让船儿顺水流。我俩的情,我俩的爱,在爱河里荡悠悠,荡悠悠……”由于第三句的婉转变化,到第四句就成了顺流之舟矣。结句“船到河心顺水流”,以景结情,留下了有待读者以想象去填充的大片空白,从而达到“留白天地宽”的艺术效果,更显自然灵动,含蓄隽永,臻于妙境。

注:此文发表于2014年第4期《南通诗词》。

诗词曲赋深吟味,群怨兴观漫点评

——序《石渚诗存》第4集

吴老广才嘱我为其诗集作序,我学浅才疏,难当此任,而念及多年诗友,一度同事,实难推辞,勉力为之。此集诗词曲赋共507首(篇),其中绝句154首,律诗125首,古风7首,词161首,曲54首,赋6篇,另有楹联43副,是近5年写的,即80岁后所作,平均每3天就要写1首(篇),其笔耕之勤奋让我感佩!拜读后,觉其诗词曲赋皆精,而尤擅词和赋;豪放婉约兼备,而偏重豪放。下面按体裁从四个方面加以评介。

一评诗。吴老的诗,题材广泛,然不为艺术而艺术,从不写那些纯粹风花雪月、无病呻吟、一味仿古的东西,也不只写一己悲欢、杯水风波,而是从不脱离大众、脱离现实。他始终把国家的安危、兴衰,把人民的冷暖、祸福放在心中,把人民的喜怒哀乐倾注笔端,为人民书写,为人民抒情,为人民抒怀,做到弘扬社会主义核心价值观、弘扬爱国主义主旋律。那些缅怀革命先烈、赞颂当代英模、讴歌建设成就、针砭社会弊端的诗作自不必说,即便那些写风景、览古迹之作,也透露出或浓或淡的时代气息。其在《咏春》(四绝句)之二《春思》中写道:“岂容冬夏乱春秋,不怨苍天但问人。处处山青流水碧,吟楼梦笔旋如神。”其在之三《春风》中写道:“忽逢三月颂雷锋,热浪推开冷气融。多少好人行好事,桃花处处绽春风。”其在之四《春波》中写道:“放晴江海漫吟哦,一派繁忙喜讯多。最是新区开发热,商涛贾浪逐春波。”将写自然风光、社会新风和新的思考,水乳交融在一起,浓浓的时代气息扑面而来。其在《蜀中吟》(七律十首)之八《杜甫草堂》尾联中写道:“圣地虽名游客少,奈何过往爱追风。”透露出当今求高雅之人少、追低俗之人多的社会现实。其在《蜀中吟》之九《武侯祠》颈联中写道:“先行每问忠诚度,后进频敲智慧门。”透露出前人重仁义、今人重智利的现象。吴老把积极向上的精神追求和道德观念传递给人民,以美教化、正人伦、移风俗。

二析词。此集161首词中,只有几首词是写过的常用词牌,150多首用的是互不相同的新词牌,且在一首词中,除了叠词或故意关联的重复外,基本上是没有重字的。这对练笔的好处是,以后碰到任何词牌、任何句式,都能应付了。为加深对词牌本意的理解和记忆,他在《戏集词牌四季吟》(七绝四首)中,用35个词牌连缀成16个七言句,四句一组,分咏春、夏、秋、冬,无重复字,亦未增减一字,读来既有意蕴,又富文采,足见其对词牌是何等熟悉。其词题材广泛,内容与诗相近,不再赘述。虽多用不常见词牌,却也写得圆润畅达。如《再游荆楚》之四《角招 · 黄鹤楼》,《康熙词谱》中,《角招》词牌只有赵以夫一词,别无他首可校;又如《再游荆楚》之一《楚宫春慢 · 西陵峡》,《康熙词谱》中此调除僧挥一词外,也只有周密添字词一首,可与参照,等等。兹录《楚宫春慢·西陵峡》为证:"轻舟泛驾,醉两岸青山,风景如画。怪石奇峰,移幻稀疏村舍。忽现渔帆点点,豁亮处、眸浮群厦。一碧江波何所自,万马奔腾,逆溯夔门狂泻。　　宏图大略,思妙境、水调歌头吟暇。修闸控流,历雨经霜冬夏。喜看横栏直跨,莫再谓、人工无价。亿众观光、蹈灯海,高峡平湖,墨客心驰今夜。"此词将西陵峡雄奇秀丽的自然风光与三峡大坝宏伟工程相映衬,将天工神力与人工伟力相对比,将领袖预言与当今现实相照应,意境开阔,气势奔放,情景交融,堪称佳作,足见其填词功底深厚。

三论曲。曲,多用白话,语言诙谐,格律较灵活,适于用来讽刺社会上的丑恶现象。吴老近五年来开始写曲,有不少好作品。如《[商调]集贤宾·闻重庆十余高官因不雅照被免职》之[逍遥乐]:"你为私惯将权滥用,他为财便以色相攻。雇小姐怀投抱送,果然一试就成功。真销魂初次相逢,喜遇红颜情意浓,谁料到再寻欢便入牢笼。针头拍艳照,捉奸在牙床,欲辩不能,只好徇私枉法、签字画押、暗箱操作、损公为己来填补大窟窿。"寥寥数语将官场权色交易丑态揭露无遗,让人唾弃!

四品赋。赋,乃诗之邻也,介于韵文和散文之间,用韵,句式看似散文,然多用骈体,是一种适宜用来写景抒情和咏物寄意的文学体裁。赋盛行于汉魏六朝,今人写赋的很少,写得像赋的更少,主要原因是没有掌握赋形式上的两大特点,即"用韵"和"多用骈体"。此集中六篇赋俱佳,体现了赋的基本特征。其优点有四:①或一韵到底,或一段一韵,或几段一韵,音韵和谐,节奏分明;②或邻句对,或扇面对,句式整齐,章法井然,在骈句中,适当处插入一点散句,使意脉连贯流畅,毫无板滞之感;③写景状物时,挟情意以行,情景交融，寓理于情；④将风景名胜与人文历史相融合，增强了抒情表意的厚度、深度和力度。其《银杏赋》托物言志，形神兼备，意境深远，耐人品赏。读《周江疆赋》，令人感慨唏嘘，顿生敬意；读《南通交通赋》，使人感奋鼓舞，立增豪情。读《渔湾水道赋》，野趣横生，绿意弥望，酒品鲜尝，意狂形放，世外桃园醉逛；读《南山湖赋》，画屏彩炫，瑶池鉴亮，凤舞鸾鸣，神迷心荡，人间仙境激赏。更让人神往，百读不厌的，当数其《〈旅游诗影集〉自序》（赋），吴老步健，悠游全国，赋诗寄意，摄影留念，诗影成集，赋而为序。吴老如数家珍，赋涉 58 处风景名胜；似侃家常，咏及 28 位名人神圣。赋曰："难忘苍山洱海，乐星河泛槎飞橹；犹怜武陵仙境，幻仙子嬉云戏雾。"此乃遗貌取神，状难写之景如在眼前，萦绕脑际，诱人一睹为快，心驰神往。赋曰："崔吟黄鹤，王序豫章；枫桥夜泊，使塞孤吭；芙蓉饯客，北固幽伤；洛水怀思，伶仃彷徨。历下词格，二安柔刚。风光各别，举镜罗囊。涉水汤汤，思楚辞吟离骚咏九章；礼祠江阳，念屈子哀民生痛国殇。碣石山前，读碑刻魏武遗篇，识烈士远大抱负；北戴河边，望伟像毛公身影，悟领袖豪迈诗肠。采石矶头拜诗仙，久久凝伫太白楼上；浣花溪畔谒诗圣，流连忘返杜甫草堂。东坡运蹇，咏远吟长。屐痕着处，溢彩流光。早在苏堤漫步，亦探石钟铿锵；谒祠儋州琼岛，访亭蚁舟在常；憩息云龙醉石，路过眉山家乡。"此乃以简驭繁，将景物、人物和韵事相融，互相生发，让人浮想联翩，荡气回肠。

吴老诗词曲赋的语言风格多样，视情而定，不拘一格，或沉稳老到，或清新幽丽，或流畅奔放，或诙谐讽喻，抑或鲜活尖新。兹就后两种语风，各举一例，前者如《山阴道上》之《冉冉云·鲁镇》："羞老Q，好运桃花休笑，靓女争相搂照。"阿 Q 尚害羞臊，而靓女争着搂其拍照；劝观者休笑，而笔者也许忍俊不禁了，既诙谐，又含讥讽。后者如《曲游春·登井冈山》:“劲竹何绵亘,招惹得、杜鹃抽嫩。好动人,浅谷平坡,红绿茂荫相吻。”形容词“嫩”活用作名词,语言鲜活,如用“抽芽”,就平淡无奇了;“吻”以物拟人,以动衬静,语言尖新,如用“相间”就寡然无味了,诚然这样用字,也是押韵的需要。

不揣冒昧,提两点建议:其一,吴老能用各种词牌练笔,给每双“鞋”找到“脚”,实属不易。以后可选择与所写内容、情调相宜的词牌,以便更好地发挥,写出更多精品词作。伟大领袖毛泽东公开发表的词 32 首,所用词牌 20 个,均为常见词牌,其中念奴娇、沁园春、水调歌头和清平乐等十个词牌各用过两到三次,他只求情调相宜,尽情发挥,不避重复使用,给我们留下不少绝唱。(见公木《毛泽东诗词赏析》)试想如换用另一词牌,也许达不到这样的效果,还会有削足适履之痛。其二,因吴老写得过多,过于仓促,难免存在一些锤炼欠火候、诗化未到位的作品。建议放缓写作节奏,留有充裕的时间,酝酿、动笔、修改,必能更上层楼,创作出更多具有中华文化底色、鲜明中国精神的诗词曲赋精品力作。不当之处,敬请指正。

注:此文发表于 2016 年第 2 期《南通诗词》。

附录　新诗初试

放飞火热的希望（少儿之歌）

沐浴党的雨露阳光
我们快乐学习　健康成长
老师播撒神奇的种子
收获一片嫩绿的鼓掌
雷锋是我们做人的榜样
航天人教我们探奥上苍
饱吸知识的琼浆
放射智慧的光芒

登山望海　心胸像大海一样宽广
游湖荡舟　歌儿同大雁一起飞翔
玩风筝　放飞火红的心情
赛航模　放飞火热的希望
小鸟欢快歌唱　入我梦乡
小树赶快成长　好做栋梁

愿乘神舟　登月亮　天宇航
愿驭蛟龙　潜海洋　找宝藏
愿当天军　驱虎狼　保国疆
愿当天使　救死伤　保民康
让龙王听使唤　匀雨奔忙

让沙漠变绿洲　花果飘香
让梦想成真　民富国强
让美丽中国　灿烂辉煌

走进九寨沟（新诗）

走进九寨沟
就走进了童话世界
是谁揽九天风云
精心磨制宝镜
是谁把宝镜从高空摔落山沟
碎成百多个神奇的彩色湖

火花海上　星火闪烁　似幻似真
卧龙海底　金龙摆尾　昂首欲腾
孔雀河面　流光溢彩　开屏展艳
五花海中　雕塑斑斓　斗奇争呈
镜海波平　鸟飞水宫　鱼翔山顶
瀑布喧啸　飞花溅玉　夺魄销魂

九寨沟的水　美的精灵
明如水晶　亮似翡翠　灿若彩虹
九寨沟的美　美的化身
如锦如画　如诗如歌　如梦如幻

是无穷空灵的远古歌谣
是无限美妙的现代交响乐
是启迪人们心智的经典画卷
是宣泄大自然热情的抒情诗集

我梦化　瀑布里飞溅的水珠
敲响　生命的鼓点
我梦化　丛林中欢快的小鸟
唱亮　生命的赞歌
我梦化　熊猫海边苍翠的箭竹
为国宝繁衍昌盛
温情脉脉地奉献
带露的嫩绿的新叶

投入张家界（新诗）

投入您的怀抱
峰林合围　奔涌呼啸
拔地摩天三千柱
穿云追日势危厄
步峡谷之中　疑将山崩地裂
登摘星台上　似可举手揽月
啊　山的魁首

您惊呆了我

三千座峰　是您的清逸骨骼
万顷林海　是您的锦衣秀发
八百条溪　那是您的欢畅血脉
一幅集天下奇观的山水画卷
一座生命与自然和谐交响的音乐大厅
一篇无须圈点也无法圈点的宏文妙作
游人骚客　欲赞忘言
丹青妙手　瞠目结舌
摄影大师　魂勾魄摄
啊　艺术殿堂　绝代佳丽
您醉倒了我

金鞭溪　宛若游龙　抖动金鳞
唱出洪荒蛮野的韵味
紫草潭　古木参天　藤萝匝地
幽娴得似乎有点儿羞涩
山绿水绿　雨丝儿绿
梦儿也绿　掰不开摔不脱
啊　绿色迷宫　湘西野妹
您融化了我

没有污染的山水　是心灵向往的仙境
没有污染的心灵　是最上乘的风景

献了青春献终身　献了终身献子孙
一曲震撼心扉的园林建设者之歌
发现美　保护美　创造美
一部没有句号的圣经神典
啊　美的化境
您升华了我

注：张家界雄险、秀奇、幽野兼备，誉满中外。

距离（新诗）

瀑布遥看
方似缥缈的银河
远景光折
才见奇幻的海市沙驼

美轮美奂
是遥望的风景
若即若离
是造美的佳径

长在福中　哪知惜福
久坐桂下　怎能辨香
把握好距离　调整好心态
将七彩人生　细细观照品尝

后　记

著名文学批评家王美春先生，为国内不少知名诗人、作家的著作写评论、作序言，并在国家级、省级出版社出版文学批评（主要是诗歌批评）著作十种，在当代文学批评界有一定的影响，真是一评一序难求。我不揣冒昧求先生为拙作《诗海索骊——沈洪海诗词诗论选》作评代序，并表示等上一两个月无妨。当时，先生生病将愈而未痊愈，但仍欣然允诺。谁知他刚接到书稿，就速读疾书，夜以继日，仅用五天时间，就写下洋洋八千八百多字的长序赐我，真乃神笔！我既感激万分，又内疚不已！我把先生对拙作的好评，作为对我的勉励、对我的指引。我绝不辜负先生的厚望，坚持终身学习，笔耕不辍。遵照习总书记指示，"通过更多有筋骨、有道德、有温度的文艺作品"，"彰显信仰之美、崇高之美，弘扬中国精神、凝聚中国力量，鼓舞全国各族人民朝气蓬勃迈向未来。"力争做到"思想精深，艺术精湛"。在艺术层面，我力求诗作空灵一些，既尽情挥洒雄浑和清新，又着意点染婉丽和飘逸，豪婉兼备，不拘一格，以更多更好的诗歌，回报社会，答谢先生对我的深情厚谊。

我也要感谢尚未谋面的《江南诗词》主编程运生先生，他多年来一直关注我的诗词，精心点拨，促我提高。对此，我铭感于心！

我更要感谢著名学者南通大学文学院王志清教授，是他热情帮助联系出版事宜，让本书能与读者见面；朱莉莉主任、常舒雅编辑，她们付出了不少心血,与其他同志共同努力,确保了本书编印的质量,我深表谢忱!

沈洪海

2018 年 9 月

图书在版编目(CIP)数据

诗海索骊:沈洪海诗词诗论选/沈洪海著. —合肥:黄山书社, 2018.8
ISBN 978-7-5461-7710-6

Ⅰ.①诗… Ⅱ.①沈… Ⅲ.①诗词-作品集-中国-当代 ②诗歌理论-中国-文集 Ⅳ.①I227 ②I207.22-53

中国版本图书馆 CIP 数据核字(2018)第 210572 号

诗海索骊——沈洪海诗词诗论选
Shi Hai Suo Li——Shen Hong Hai Shi Ci Shi Lun Xuan

沈洪海 著

策　　划 朱莉莉
责任编辑 常舒雅
责任印制 戚　帅　李　磊
装帧设计 钱志刚
出版发行 时代出版传媒股份有限公司(http://www.press-mart.com)
　　　　 黄山书社(http://www.hspress.cn)
地址邮编 安徽省合肥市蜀山区翡翠路 1118 号出版传媒广场 7 层 230071
印　　刷 安徽国文彩印有限公司
版　　次 2018 年 9 月第 1 版
印　　次 2018 年 9 月第 1 次印刷
开　　本 880mm × 1230mm　1/32
字　　数 250 千
印　　张 7.5
书　　号 ISBN 978-7-5461-7710-6
定　　价 28.00 元

服务热线 0551-63533768

销售热线 0551-63533788

官方直营书店(https://hsss.tmall.com)